장마음 에세이
×
원예진 사진

혼자이고
싶지만
외로운 건
싫어서

외롭지 않은
혼자였거나
함께여도 외로웠던
순간들의 기록

STUDIO : ODR

contents

어떤 순간들은 담지 못해 아프다

충만한 '혼자'와 즐거운 '같이'의 순간들

얼마 전 스물두 번째 생일을 맞았습니다. 그날 아침 일찍 일어나 방에 걸려 있는 달력의 오늘 날짜에 동그라미를 두 번 쳤습니다. 아끼는 블라우스를 입고, 평소에는 잘 하지 않는 화려한 귀걸이와 목걸이를 했습니다. 가고 싶었던 전시회에 갔다가 새로 생긴 카페에서 간단히 요기하고, 좋아하는 펍에 들러 비싸서 한 번도 주문한 적 없는 시그니처 칵테일을 마셨습니다. 그렇게 혼자서 나를 위한 시간을 보냈지요.

저녁이 되자 생일을 즐겁게 보내고 있느냐는 친구들의 연락이 연이어 도착했습니다. 혼자 나름대로 좋은 시간을 보내고 있다고 하니, 혼자인 시간을 충분히 만끽했으면 이제 같이 저녁을 먹자고 하더군요. 이후 친구들을 만나 맛있는 파스타를 먹고, 카페에 가서 실컷 떠들었습니다. 제 이름이 적힌 자그마한 케이크도 받았습니다. 언제 이런 걸 다 준비했어. 예상치 못한 선물에 눈물이 날 것 같았습니다.

사실 혼자 시간을 보내면서 홀가분하고 자유로웠지만 카페에서 커피를 마시다가도 핸드폰을 들여다보고, 칵테일 사진을 찍어 SNS에 올리려 들어간 김에 다른 사람들의 하루를 살펴보고, 전시회를 구경하다 또 누군가를 떠올렸습니다. 그러다가 친구들을 만난 저녁에 가장 많이 웃었으니 인정하기 싫지만 혼자 보낸 낮이 아무래도 조금 외로웠나 봅니다.

나의 생일을 축하해달라며 누군가의 시간을 빼앗고, 선물이랍시고 나를 위한 지출을 요구하고, 그 빼앗은 것들에 둘러싸여 파티를 여는 것이 아주 염치없다고 느낄 때가 있었습니다. 시간 내 보내준 축하 인사는 고맙다가도 이내 미안해졌습니다. 얼른 하루가 저물기만을 기다리며 하루를 보냈던 어느 해의 생일이 그다지 좋은 기억으로 남지 못한 건 왜일까요?

살다 보면 한 번쯤은 사람들에게서부터 멀찍이 떨어져 혼자가 되고 싶을 때가 있습니다. 너무 지쳐버려 이제 더는 상처받고 싶지 않은 마음이겠지요. 사랑하는 사람에게 받은 아픔은 그 어떤 배신감보다 크고, 억지 웃음을 지으며 애써 관계를 이어나가는 것은 그 어떤 노동보다도 고되니까요. 어쩌면 누군가의 감정을 받아주는 일에 지칠 대로 지쳐버린 걸지도 모르고요.

그런데 아무도 곁에 두지 않고 혼자가 되고 나면 마냥 상처받지 않고 평온할 것 같았지만 또 딱히 그렇지도 않았습니다. 고요함과 적막은 가라앉는 마음을 더욱더 가라앉게 했고 외로움에 휩싸일 즈음 나를 건져내준 건 결국 사람이었습니다.

사람과의 관계를 싫어하면서도 그만큼 사람을 사랑

합니다. 우리는 우습게도 사람에게 상처받고 그 상처를 다시금 사람에게 치료받습니다. 사람에게 질려 떠나놓고서 기어코 다시 돌아오는 곳도 사람입니다. 이 책에는 차라리 혼자가 나을 것 같았던, 불안정하거나 나에게 상처를 낸 관계들 때문에 스스로를 세상으로부터 고립시키던 시간과 그 안에서 또 혼자 하루를 나름대로 잘 보내던 날들, 또 고독이 버거워 미쳐버릴 것 같던 순간, 그 괴로움을 이기지 못하고 사람에게 돌아와 다시 세상을 살아가려 애쓴 노력의 과정이 담겨 있습니다.

　사회에서 아직 어린 축에 속하는 제가 벌써 삶이 이렇다며 정의 내리는 일은 섣부르다는 생각이 듭니다. 그렇지만 어쩌면 삶은 '혼자'의 시간과 '함께'의 시간 사이에서 적절히 균형을 잡고 나를 지키며 살아가는 일이 아닐까 어렴풋이 깨닫습니다. 혼자인 나를 존중하면서 누군가를 사랑하고 또 상처받는 일도 그리 나쁜 것만은 아니라는 걸 잊지 않고 살아가야겠습니다.

part 1

바닥으로
떨어진
마음은

캐치볼

원래 괜찮냐는 질문에는 물음이 없고
그래서 괜찮다는 대답에는 진심이 없다.
우리는 공 없이 캐치볼을 하고 있다.
대충 던지는 척을 하고 또 받는 시늉을 하면서.

part 1

재회

단골 카페가 다시 문을 열었다는 소식을 들었다. 동네에 딱 한 군데 있던 내 단골 카페는, 대단히 맛있는 음료를 파는 것도, 위치가 집에서 아주 가까운 것도 아니었지만 왠지 모를 친숙함이 있었다. 벽면의 책장에 가득 꽂힌 책을 보면 안정감이 느껴졌다. 플레이리스트에 선곡해둔 노래가 반복해서 흘러나오는 탓에 길을 가다가 제목도 모르는 멜로디를 나도 모르게 흥얼거리기도 했다. 사장님과 나는 노래 취향이 꽤 잘 맞았던 것 같다. 단지 노래를 듣기 위해 앉아 있던 날도 있었으니까.

단골 카페는 어느 날 갑자기 문을 열지 않더니 이내 사라졌다. 사라진 것들에 쉽게 연연하는 사람은 그런 상실 하나에도 가슴을 앓는다. 그 카페가 사라진 후, 한동안 카페에 정착하지 못했다. 워낙 주변에 프랜차이즈 카페밖에 없었던 것도 한몫했고, 사실은 좋아하는 카페가 사라지면서 더 이상 좋은 카페를 찾을 수 없을 거라는 그리움 섞인 치기였는지도 모른다.

　몇 년이 지나 기억이 희미해질 즈음 그 카페가 다시 문을 열었다. 같은 위치는 아니었고, 지하철로 여섯 정거장을 가야 하는 거리였지만 소식을 듣고 일부러 찾아갔다. 그날 내가 도착한 곳은 내가 사랑하던 카페와 같은 이름을 하고 있었지만 엄연히 다른 카페였다. 매일 먹던 생크림 토스트는 사라졌고 토마토 파니니에서는 전의 그 맛이 나지 않았다.

　재회. 난 그 거지 같은 단어에 대한 연민을 안다. 다시 만난 그 카페는 전과 다른 모습을 하고 있었다. 내가 기억하던 것과는 사뭇 다르게 다시 만난 것들은, 그래서 어쩌면 만나지 말았어야 할 것들은 모두 각자의 이유가 있었다. 다시 만나면 그때의 행복이 여전할 것 같지만, 잘린 식빵을 아무리 뭉쳐봤자 다시 한 덩어리가 되지는 않는다. 물론 멀리서 보면 얼추 한 덩어리처럼 보일 수도 있다. 그렇지만 실상은 흐트러진 빵 조각을 억지로 뭉쳐 놓은 것에 불과하다.

아니, 어쩌면, 다시 찾은 카페에서 먹은 토마토 파니니는 과거에 먹은 맛과 같은 맛이었을지도 모른다. 흐려진 기억은 많은 것을 조작하고는 하니까. 그리고 주로 실제보다 더 과장된 채로 남아 있고는 하니까. 그렇다 해도 그 카페에 다시 갈 수는 없었다. 군더더기 없는 완전한 이별이었다.

운다

꼭 새소년의 〈난춘〉을 부르면서 울어야 한다는 준. 목놓아 운 지 십 년이 넘어 어떻게 우는지도 잊었다는 훈. 왜 눈물이 나는지 당최 모르겠다며 매일 울던 민. 눈물을 보이는 사람에게는 늘 져주어야 하는 것이 싫어 우는 사람은 질색이라던 명. 아버지의 납골당에서 우는 것만큼 스스로가 미운 일이 없다던 희. 가끔은 행복한 날에도 눈물이 난다던 진. 그렇게 우리는 각자의 모습으로 울었다.

바닥으로 떨어진 마음은

마음이 바닥으로 떨어지고 나면 다시 줍기가 어렵습니다. 그저 두둥실 떠오를 때까지 기다려야 하죠. 마음이 너무 뜨겁거나 혹은 너무 차가워서 그런가 봅니다. 그러니 만질 수 있는 수준까지 식거나 녹아야 합니다. 마음은 내 안에 있는 것이지만, 가끔은 내 밖에 나와 있기도 합니다.

마음을 다스리고 길들이는 일이 이다지도 어려운 줄 몰랐습니다. 말을 듣지 않는 동물을 어떻게든 훈련하려 노력하는 것처럼, 완전히 길들이기 전까지는 많은 상처가 날지도 모릅니다. 때때로 나를 할퀴고 또 도망을 가니까요. 흠씬 두들겨 맞을지도 모릅니다. 몸을 일으키지도 못할 정도로요.

일희일비하지 않는 사람이 되었으면 좋겠습니다. 미세하게 바뀐 말투에도 쿵 하고 내려앉는 마음은 도무지 쓸모가 없습니다. 내 안에는 마음의 무게가 너무 무거워 내

려앉으면서 부수는 것들이 아주 많습니다. 해내야 하는 과제들이 모두 찌그러져 일일이 펴내야 합니다. 여유는 완전히 가루가 되어 사라졌습니다. 고작 마음 하나 제대로 관리하지 못해서……. 스스로가 한심하기 짝이 없었습니다.

트라우마

아무리 더운 여름에도 반소매를 입지 못하는 사람들이 있지. 밥을 꼭꼭 씹어 삼키는 법을 잊은 사람들도. 밤에는 밖에 절대 나가지 못하는 사람들도 있어. 도착했다는 문자를 받기 전까지는 결코 잠들지 못하는 사람도 있고. 종합 영양제를 하루라도 챙겨 먹지 않으면 죽을 것 같은 불안에 시달린다는 사람도 있더라.

절대 쓰지 못하게 된 단어가 있어. 다른 이의 입에서 그 단어가 나오면 가슴이 철렁해지는. 그리고 그 말을 내뱉은 사람마저 다시는 보고 싶지 않은 얼굴이 되고마는. 해가 바뀌면 다시 1월 1일부터 시작하기에 매년 꼭 슬퍼져야 하는 날짜가 있어. 그 사람과 같은 이름을 우연찮게 기사에서 발견하면 그저 그 글자를 마주하는 것만으로도 숨이 벅찰 때가 있어.

시간이 지나도 아직도 그날에 사는 사람들이 있어. 누구는 과하게 의연하려 하고 누구는 또 살짝만 건드려도

날이 서는 날. 버티고 있다는 말이겠지. 그래서 수많은
이들이 여전히 넘어가지 않는 날짜 속에 살아.

가슴 뛰는 일

무언가에 미쳐 있던 때가 그립다. 마음을 쏟느라 하루를 주어도 아깝지 않았던 때. 정신을 차려보면 해는 뉘엿뉘엿 저물고, 내려오는 눈꺼풀을 억지로 뜨려고 노력하면서 쏟아지는 잠이 야속하다고 느끼던 때가. 그렇게 살짝 눈을 붙였다가 다시 일어났을 때 피곤하다 느낄 새도 없이 다시 마음을 쏟으러 몸을 일으키던 때가.

남는 게 시간인 요즈음이지만 어딘가에 다시 마음 쏟는 게 영 쉽지가 않다. 취미가 무엇이냐는 질문이라도 받으면 딱히 대답할 말이 없었다. 그럼 대체 뭘 하고 사세요. 이뤄야 하는 것들은 모두 외면하거나 미뤄놓고는 끼니를 제대로 챙겨 먹지도, 규칙적인 생활을 하고 있지도 않아서인지 그다지 살아 있다는 느낌을 받지 못했다. 하루를 무엇으로 채워야 하는지 고민하는 것이 고역이었다. 나도 내가 어떻게 살아가는지 잘 모르고 있었다.

가슴 뛰는 일을 찾는 게 숙제처럼 느껴진다. 두 시간

남짓 하는 영화 한 편도 제대로 집중해 보지 못하고, 긴 드라마는 시작할 엄두조차 내지 못하는 지금의 내가. 연애는커녕 약속마저 모두 취소한 채 아무도 만나지 않고 어디에도 가지 않는 지금의 내가. 주어진 일만 어물어물 해내는 나는 누구도 가두지 않았지만 가두어져 있었다. 등록해놓은 복싱 수업은 한 번도 가지 않았다. 계절이 바뀌어 새로 장만한 옷도, 알이 굵은 진주 목걸이도, 무슨 색이 어울릴지 몰라 검정과 하양 둘 다 사둔 구두도 몸에 걸친 적이 없다. 더 이상 새 소식이 올라오지 않는 인스타그램은 구경할 것이 없었고 유튜브에 들어가도 딱히 볼 만한 영상이 없었다. 잠을 자기에는 에너지가 너무 남아도는 탓에 눈도 잘 감기지 않았다. 커피와 디저트를 먹으며 영화 몇 편 보면 하루가 금세 지나가지 않냐던 누군가의 말이 미치도록 부러웠던 어느 날 오후였다.

　그냥 이렇게 갑자기 훅 하고 처질 때가 있다. 이런 때
에는 먹고 싶은 것도, 보고 싶은 것도 없어진다. 대체 무
얼 하면서 시간을 보내야 할지 알 수가 없다. 하루를 버
티는 것 자체가 큰 과제가 된다. 버틴다. 산다는 말을 가
장 처절하게 표현하는 단어라고 생각한다. 차라리 아주
바쁘면 좋을 텐데. 단지 피곤하다는 생각과 쉬고 싶다는
생각만으로 머릿속이 가득 차면 좋을 텐데. 그렇지만 막
상 또 아주 바쁠 때는 이런 텅 빈 시간이 그리울 게 분
명하다.

　공허함을 우울로 채웠다는 누군가가 생각난다. 견디기
힘든 공허함에 무언가를 계속 채워야만 하는데, 행복은
구하기 어려워서 결국 가장 쉽게 구할 수 있는 우울로
그 공간을 채웠다고 했다. 그래서 자신이 우울한 사람이
라고 생각했지만 사실은 공허한 사람이었던 것 같다고.

　우울은 틈새를 비집고 침투하는 데 아주 능해서 조금

도 빈틈을 보여서는 안 된다. 언니는 그럴 때일수록 밖에 나가지 않아도 매일 씻으라고 했다. 사람을 만나러 나갈 때도 후줄근한 차림 하지 말고 일부러 더 열심히 꾸미라고도.

놓을 때 전부를 놓아버리면 다시 붙잡아야 하는 것들이 너무 많아진다. 그러니 금이 갔다고 전체를 깨부수는 바보 같은 짓은 하지 말자. 오늘은 나갈 일이 없었지만 괜히 씻었고, 씻은 김에 화장을 했고, 화장한 김에 집 앞 카페에 나왔고, 카페에 나온 김에 산책도 잠간 했다. 잘은 모르겠지만 그래도 어제보다는 조금 나은 것 같았다.

들통날 거짓말을 해야만 했다

오랜만에 액세서리를 차고 나가야겠다고 결심한 날, 액세서리함을 열어보니 네가 직접 만들어준 목걸이는 줄이 다 끊어져버렸고 다른 것들도 성한 것을 찾을 수 없었다. 귀걸이는 죄 녹슨 것뿐이었고 반지는 귀걸이랑 뒤섞여 잘 구별되지 않았다. 몇 개 찾은 것들은 손가락보다 너무 크거나 너무 작아서 잘 하지 않는 것들이라 그냥 다시 그 안에 넣어두었다. 나를 포장하려 했지만 내가 가진 포장지들은 고작 그 정도였다. 녹슬고 끊어지고 맞지 않는 것들. 안도, 밖도 허접하기 짝이 없었다.

무언가를 시도해보려 해도 내가 하는 것들은 왜 이렇게 전부 허접해 보이는지 모르겠다. 어떤 것을 해볼까 마음먹어도, 이미 그걸 아주 잘하고 있는 사람들이 너무 많다. 네가 너보다 잘하는 사람들만 보고 있으니까 그렇지. 그럼 나보다 못한 사람들을 보면서 자위하고 안주하라는 거야? 일등이 아니면 다 소용없다는 비관적인 마음은 아니다마는.

열심히 바쁘게 움직이는 사람들 사이에서 나 혼자 바쁘게 움직이는 흉내를 내며 사회에 얼추 끼어 있는 기분. 자세히 들여다보지 않으면 모를 수도 있지만, 결국 스스로는 알고 있다. 잘 사는 척을 하고 있으면 다들 잘 사는 줄 알더라. 상한 부분은 대충 칠해서 먹음직스러워 보이게 만들고, 흐르는 곳은 붕대로 대충 감싸서 막아두었다. 기한이 있는 거짓말을 자꾸 하고 있었다. 결국은 다들 통날 것들인데도.

　　건드리면 아프고 터트리긴 애매한 코 옆 여드름. 가을 모기가 물고 떠난 종아리 한가운데. 건너편 테이블 위 모서리에 아슬아슬하게 걸쳐 있는 커피잔. 엄지손톱 옆 사마귀. 왼쪽 눈 하드 렌즈 위에 내려앉은 아이섀도 가루. 미처 자르지 못한 긴 앞머리 한 가닥. 돼를 되로 쓴 친구의 문자. 듣고 싶지 않아도 자꾸 들려오는 옆 테이블 커플이 다투는 소리. 공부하기로 마음먹자마자 눈에 보이는 책상 위 먼지. 첫 단추부터 잘못 채운 카디건. 지우개로 대충 지우고 그 위에 다시 쓴 문장으로 잊힌 원래 적었던 말. 연락도 없이 나 빼고 모인 어제 모임. 이모티콘을 자주 쓰던 네가 딱딱한 어투로 보낸 카톡 메시지. 신경 쓰이는 것들이 너무 많았다. 소란스러움 속에 놓인 나는 제법 비참했다.

사라지고 싶다는

폐가 원래 안 좋아. 그래서 아주 어렸을 때 몇 년 동안 입원한 적도 있어. 그런데도 여전히 담배를 피워. 난 술도 좋아하고, 커피도 계속 마시고 밤낮도 자주 바뀌니까, 어차피 난 일찍 죽을 거라고. 늘 그렇게 생각하면서 살아. 근데 정말로 죽을까 봐 센 담배는 또 못 피우는 내가 웃기더라. 너는 스스로가 너무 이중적인 것 같다며 웃었다.

사실 난 그런 사람들을 아주 많이 봤다. 당장이라도 죽고 싶지만 전염병에 걸리는 건 무섭다는 사람들. 한시라도 빨리 사라지고 싶지만 남겨둔 것들이 떠올라 발걸음이 차마 떨어지지 않는다는 사람들.

어디로든 도망치고 싶은데 방법을 몰라서, 사실은 이곳에서 도망치는 법은 아무것도 없는 것 같아서 결국 그 도망의 방식을 죽음으로 선택하는 것이다. 파스칼은 "모든 사람은 행복을 추구하며 여기에 예외는 없다. 행복은 모든 행동의 동기이며, 심지어 스스로 목을 매달아

죽는 사람도 이 점은 같다"라는 말을 했다. 행복하기 위해서 죽고 싶다는 말은 아주 역설적이지만 이해되지 않는 것은 아니다.

살아서 도망친다면 나아질 수 있는 시간이 허락되지만 죽어서 도망친다면 돌이킬 수 있는 시간이 없다. 나는 내 앞가림도 못하면서, 사실은 나도 몇 번이고 죽고 싶다고 되뇌곤 했으면서도, 그럼에도 너는 살았으면 좋겠다고 생각했다.

그러니까 우리, 살아서도 도망칠 수 있는 방법은 충분히 있을 테니까, 이기적이라 생각하겠지만 너는 살았으면 좋겠다. 나를 미워해도 괜찮다. 너를 책임질 수도 없으면서 나는 그런 세상을 자꾸 바랐다.

장마 우울증

장마 우울증이라는 게 있다. 장마가 시작되면 햇빛이 줄고 습도는 자꾸만 높아진다. 끈적거리고 빛 볼 일 없는 날엔 우울해지기 십상이니, 장마 우울증은 어떻게 보면 당연한 것이다. 우울한 사람들은 잠을 이상하게 잔다. 너무 못 자거나 혹은 너무 많이 잔다. 나 역시 비가 내리쏟아지는 날이면 사흘 연속으로 잠만 자던 때도 있었다. 그래서 사실은 비가 오는 줄도 몰랐다.

내일부터 비가 온다고 해서인지 기압이 낮아지는 것을 온몸으로 느낀다. 내려앉는 것들 사이에서 혼자 일어날 저항력이 없었으므로 나도 같이 내려앉는다. 침대 아래로, 땅속으로, 그렇게 점점 내려간다. 나는 파묻힌다. 딱 내 몸 하나를 누일 정도로. 그 안에만 있다. 밤은 깊어가고 낮도 그러했다. 불 켤 일이 없어 내 방엔 애초에 낮이 없었다.

그렇지만 비가 잔뜩 올 거라 생각한 다음 날은 일기예

보와 다르게 종일 해가 쨍쨍했다. 사실은 장마와 관계없이 난 그냥 우울한 사람이었잖아. 오랫동안 지속된 감정은 다만 날씨 탓을 하기엔 고질적인 문제였으므로, 비가 오지 않은 날에도 내게는 비가 왔다.

금붕어

　모두가 가지고 있는 것을 나도 가질 수 있으리라는 보장은 없었다. 염치가 없었던 거다. 내가 '모두'라는 범주에 들어갈 거라는 생각은 엄연한 착각이었다. 나를 특별한 사람으로 여기고 싶지는 않다. 특별함이라기보다는 특수함이었다. 그렇다. 나는 특수하게 분별되었다. 가끔은 무언가에 대한 벌을 받고 있는 것 같다는 생각이 들기도 했다. 이를테면 감사하지 않았던 지난날의 인연들이나 기쁘게 받아주지 못했던 어떤 마음들에 대해.

　모든 관계는 두 가지 단어로 정의됐다. 혹시나와 역시나. 두 낱말이 이어지는 사이 나의 지분은 점점 자그마해진다. 반복된 학습 속에서도 늘 같은 실수를 거듭하는 내가 우스워질 때면 이제는 그만두어야겠다 다짐했지만. 밥을 먹은 것을 잊어, 주는 대로 먹어치우다 배가 터진 금붕어처럼 나는 밥을 자꾸 먹었다. 죽어버릴 것도 모르면서 눈앞에 떨어진 먹이가 너무 소중해 쉴 틈도 없이 삼켰다.

숨바꼭질

가끔은 너의 불행이 영원하길 바랐다. 너도 나도 행복하지 않으면 우린 같은 자리에 머무를 수 있어. 혼자 넘어지는 것은 두려웠지만 함께 앉아 있는 것은 좋았다. 창문의 모서리 틈새 같은 것을 온종일 보거나 누구도 두들길 일 없는 방문을 꼭 잠그고 재즈를 트는 일. 함께 나아가지 않으면 이곳은 우리의 세계가 될 수 있었다. 우리 숨바꼭질을 하자. 내가 눈을 감고 십 초를 세면 그 동안 네가 숨는 거야. 꼭 이 방 안에서 숨어야 해. 알겠지? 숫자 센다.

십 초가 지나 주위를 두리번거리기 시작했을 때 너는 없었다. 정말로 사라진 것이다. 이 방에 사람의 온기라고 할 만한 것은 느껴지지 않았으므로. 옷장 속에도, 침대 밑에도, 캐비닛 안에도 없었다. 잠기지 않은 방문을 보고 예상했지만. 너는, 너는 어디에 있어. 방문을 열고 찾지는 않았다. 실은 못 했다는 말이 맞는다. 너는 자리를 털고 나갈 준비가 언제든 되어 있는 사람이었지만 나는

아니었으므로.

　우리의 세계는 무너졌고 나는 여전했다. 먼지 쌓인 창
문의 가장 날카로운 부분을 보고, 네가 들어올까 방문
을 잠그지 않는 일. 너는, 너는 어디에 있어. 공허한 방에
메아리가 울렸다. 있어, 있어. 거듭해서 들리는 내 목소
리는 꽤 기괴해. 그래서 자주 그 말을 던져놓고는 귀를
막았다. 어딘가에 있을 거란 말은, 안심이 되는 동시에
고통스러웠다.

수식어를 뗀 나

우리의 이름 앞에는 어떠한 수식어를 붙이기 쉽다. 그것은 직업이 되기도 하고, 특정한 성격이 되기도 하며, 사회적 위치를 말하기도 한다. 출신 학교의 이름이 붙기도 하고, 외적인 부분을 콕 집어서 말할 수도 있다.

사람과 사람의 관계에서, 그러한 수식어들은 필연적일 수밖에 없다. 만일 세상에 존재하는 것이 나 하나뿐이었더라면, 내가 붙여주는 것이 곧 나의 정체성이었을 것이고, 설령 내가 붙였다고 한들 김춘수의 〈꽃〉처럼, 불러주는 이가 없으니 그저 '하나의 몸짓'에 그쳤을 것이다.

수식어는 소속감을 느끼게 할 수도 있고, 울타리가 되어 외부 시선으로부터 날 방어하는 요소가 되어주기도 한다. 문제는, 그것이 나를 가두거나 묶어두기 아주 쉬운 장치라는 것이다. 가끔은 그 수식어가 먼저 붙어 그것이 나를 만들기도 했다. 그럼 나는 하나의 역할극을 하는 것처럼 그 안에서 움직여야 했다. 역할이 사라진 나는 이 극에서 필요 없는 사람이 된 것 같았다. 마치 무대에 난입한 관중처럼. 그래서 무언가라도 맡아야 했다. 그리고 그걸 잘 해내야 했다. 박수 치지 않는 관중의 싸늘함을 두려워하며. 나는 형편 없는 연극을 본 관중이 입을 모아 어떻게 이야기하는지 잘 알고 있었다.

무대에서 내려온 나도, 어떤 역할도 맡지 못한 나도 사랑할 수 있다면 얼마나 좋을까. 스스로를 사랑하려는 사람들이 가장 많이 하는 실수 중 하나는 어떤 배역을 맡은 자신을 사랑하는 것이다. 완벽하고 싶은 사람이거나 욕심이 많은 사람일수록 이른바 메소드가 되어 연기에 몰입하게 된다. 마치 그 배역이 나의 전부인 양. 배역이 내 안에서 비중이 점점 커질수록 진짜 나의 자아는 점점 사라진다. 그러다 보면 잃어버린다, 내가 누구였는지를.

무엇의 나, 누구의 나, 어떤 곳의 나, 무슨 일을 하는 내가 아니라 그저 나. 수식어를 다 떼어낸 이후의 나는 너무 초라해 보였지만, 실은 그 많은 수식어들이 진짜 나를 감추고 있던 건지도 모르겠다고 생각했다. 수식어에 집착하지 않으려면, 민낯의 나를 먼저 받아들여야 했다. 어떤 척도 하지 않는 상태의, 편안한 나. 그게 대체 무슨 모습이었더라. 진짜 나는 무엇보다도 나였는데도 생각보다 생소한 것이었다.

아무도 가르쳐준 적이 없다

아무도 가르쳐준 적이 없다. 수중에 3만 원밖에 남지 않았을 때 친구 생일은 어떻게 눈치껏 넘겨야 하는지. 불편한 자리에서는 어떤 서두로 대화를 시작해야 하는지. 잘 모르는 분야를 이야기하고 있을 때 어떻게 해야 아는 것처럼 보이는지. 어디까지가 솔직함이고 어디까지를 무례함으로 판단하는지. 마음에 안 드는 선물을 받았을 때 어떻게 티 내지 않는지. 자취를 시작할 때 필요한 게 이렇게도 많은지. 뭘 산 적도, 누굴 만난 적도 없는데 돈은 왜 이렇게 쉽게 사라지는지. 손님으로 오는 사람들 중 상식을 벗어나는 사람들이 왜 이렇게 많은지. 울지 말아야 할 때 눈물이 나면 어떻게 참아야 하는지. 평생 갈 것 같던 동네 친구들은 왜 이렇게 얼굴 보기가 힘든지. 각자 다 다른 분야를 걷고 있는 동창들이랑 하는 이야기는 왜 결국 옛날이야기로 돌아오는지.

좋아하는 것들을 일부러 자주 하지 않는다고 말한 친구가 있었다. 닳는 것도 아닌데 뭘 그렇게 아껴? 의아한 눈으로 묻자 친구는 닳아, 하고 말했다. 좋아하는 것들을 자주 하다 보면, 서서히 익숙해지고, 그래서 어느 순간 더 이상 좋아하지 않게 되면 사랑하는 것을 한 가지 잃는 꼴이 되는 셈이지 않느냐고.

한강을 사랑하지만 한강에 가는 일이 일상으로 굳어지면 그건 좀 속상할 것 같다는 친구의 말도 아마 같은 맥락이었으리라. 그 애는 한강이 너무 쉽게 올 수 있는 곳이 되어버리면 정말 도망칠 곳을 잃어버린 기분일 거라 했다. 그래서 한강이 보이는 집에는 평생 못 살 것 같아.

그 말을 잘 기억했어야 했다. 너무 사랑하는 것들을 계속 사랑하려면 일상이 되지 말아야 했다. 좋아하던 드라마를 달달 외워버릴 정도로 본 나머지 결국 지겹다는 생각이 들었을 때 나는 사랑하는 이를 잃은 것 같은 상

실감에 빠져 한참을 무엇도 사랑하지 못했다. 또 잃어버
릴까 싶어 무언가를 쉽게 들여다보지도 못했다.

크리스마스와 산타클로스

처음으로 우월감을 느낀 기억은 아마 산타클로스가 세상에 없다는 걸 다른 아이들보다 먼저 알았을 때였던 것 같다. 산타클로스가 써준 편지랍시고 선물 옆에 놓인 종이에 쓰인 글씨가 엄마의 글씨체랑 똑같아서, 세상에 정말 산타는 없구나. 그냥 내가 잠든 사이 몰래 부모님께서 선물을 두고 가시는 것뿐이구나. 적잖이 놀랐으나 아는 척을 하려고 애쓰지는 않았다. 이미 이런 커다란 비밀을 알아차린 것만으로도 어른에 한 발자국 먼저 다가간 것 같았기 때문이다.

친구들에게 산타는 사실 없어, 하고 말하면 반응은 두 가지였다. 아니라고, 자기는 저번 크리스마스에 선물을 받았다고 부정하거나, 혹은 그럴 리 없다고 울거나. 울다가 유치원 선생님에게 가서, 선생님, 산타는 진짜 있지요? 하고 물으면 선생님은 웃으며 그렇다고 답했다. 그럼 나는 아닌데, 내 말이 맞는데…… 하고 혼자 읊조렸다.

그래서 모두가 반짝이는 눈으로 오늘 잠들고 나면 내일 아침에 산타 할아버지가 정말 내가 원하는 선물을 주실까, 하고 기대하는 동안 나는 그 무엇도 기대하지 못했다. 진짜를 아는 것이 가짜를 보는 것보다 늘 행복한 일은 아니었다. 오히려 쓸쓸한 쪽에 가까웠다.

그래서 솔직한 마음으로는 친구들이 부러웠던 것 같다. 마음 한편에서는 바라고 있었는지도 모른다. 사실은 진짜로, 진짜로 산타가 있었으면 좋겠다고. 그해 크리스마스 소원은 그것이었다.

차라리 네가 좀 쓰는 사람이었다면

차라리 네가 좀 쓰는 사람이었으면 좋겠다. 알 수 없는 네 마음을. 나는 어떻게 짐작해야 할지 모르겠다. 어차피 네가 말해준다 한들 공감도, 이해도 못 하겠지만. 그것은 나의 영역이 아닐 것이다. 너이기 때문에 너만 느낄 수 있는 것. 특별함이라 명명하기엔 조금 서글프다. 모두의 감정은 각자에게 외롭다. 그래서 동시에 스스로에겐 유달리 소중하다.

내가 이기적이라는 것은 인정한 지 오래다. 인간은 원래 공리적인 존재다. 다만 그걸 부정하려 애쓰는 것뿐이다. 이렇게 말하면 너무 많은 철학자들을 외면하는 셈이되려나. 아무튼. 그러니까 내가 이렇게 거창하게 서두를 뗀 까닭은 네가 좀 티를 내기라도 하는 사람이었으면 해서다. 속상하면 속상하다고 말하고, 그리우면 그립다고 말 좀 해주라. 바람 소리가 메아리칠 정도로 고요한 산에선 머쓱해 소리 내 뱉을 말이 없었다.

초등학교 5학년 때인가, 6학년 때인가. 학교에서 짝꿍을 정해서 술래잡기를 했거든. 나중에야 들었는데, 그 남자애가 나를 좋아해서 내 이름을 뽑은 아이와 쪽지를 몰래 바꿨대. 잡은 손에 걸려 있는 종이 고리를 잘라내면 지는 시합을 할 때, 달리기를 잘 못 하는 나는 운동을 잘하던 그 애가 뛰는 속도에 맞추기가 역부족이었어. 그때 그 애가 내 보폭에 맞추면서 해준 말이 있어. 뛰면서 무작정 숨을 내뱉지 말고, 할 수 있는 한 코로 숨을 쉬다가 그게 한계에 부딪히면 그때부턴 입으로 숨을 쉬어. 아주 가늘고 길게. 이제는 그 애 얼굴도, 목소리도 생각이 잘 나지 않지만 난 아직도 달리기를 할 때 그렇게 숨을 쉬어.

네가 불안해질 때마다 같이 하자던 퍼즐 게임 있지. 실은 나는 아직도 그 게임을 해. 이젠 나름 요령 같은 것도 생겼어. 아마 우리 내기를 한다면 이제는 내가 이길 수도 있을걸? 그렇게 매일 그걸 하는데도 아직도 200점

만점에 도달하진 못했지만, 언젠가는 진짜 만점에 닿을지도 몰라.

작은 목표를 세워보라고 했잖아. *너랑 결혼하기?* 네 눈을 동그랗게 바라보며 말했을 때 넌 붉어진 귀를 두 손으로 감추고 웃으면서 터무니없는 멀디먼 목표 말고 진짜 가까운 시일 안에 이룰 수 있는 것들을 차근차근 하나씩 이뤄보자고 했었지. 그때 너는 내 모든 목표를 함께해줄 것처럼 굴었는데. 그런 너는 이제 없지만. 아, 터무니없다던 말이 복선이었나. 아무튼 네가 같이 세워준 목표 중에 기차로 가는 당일치기 여행은 다음 주 즈음 해보려고 해. 귀찮은데 그냥 일박 자고 오면 되지, 왜 굳이 당일치기냐 물었을 때 그게 또 나름 낭만이라고 네가 그랬지. 이제 나는 네가 말한 낭만을 한번 구경해보고 싶어.

나는 여전히 매일 하늘을 봐. 여유로운 사람들은 땅이 아니라 하늘을 본다고, 그러니까 우리도 꼭 하루 한 번

하늘을 보자고, 까먹으면 하늘을 보았느냐고 서로 물어
봐주자고. 그러다 어느 순간부턴 하늘을 볼 때마다 내
생각이 난다고 했잖아. 나는 아직도 하늘을 볼 때마다
네 생각을 해. 흐린 날은 하늘을 보기 싫다던 네게 그런
날의 하늘을 사랑해주는 이는 드무니 우리라도 사랑해
주자고 말했는데…. 아직도 흐린 날이 싫니? 머리가 아
플 때 목뒤를 주무르면 좀 나아진다는 네 말이 기억나
서 오늘의 편두통은 그걸로 또 버텨냈어.

　스쳐간 인연들은 말 그대로 스치듯 사라졌지만 남겨
놓은 것들은 분명 있더라, 무슨 전리품처럼. 가끔 생각
해. 나는 너에게 무엇으로 기억되고 있을까. 무엇을 남겨
주고 갔을까, 하고.

어떤 순간들은
담지 못해
아프다

잃기 싫어 갖지 않으려

이병률 시인의 〈청춘의 기습〉이라는 시에는 이런 구절이 있다. "무언가를 잃었다면 주머니를 가졌기 때문입니다." 그 말이 자꾸 입 근처에서 맴도는 이유는 주머니를 가지지 않았더라면 잃어버렸다는 것도 깨닫지 않았을 거란 생각이 들어서.

주머니를 가지고 있는 내 상황이 종종 원망스러울 때가 있었다. 가끔은 모든 것을 내려놓고 싶기도 했다. 아주 잘 해내고 싶다는 마음이 들면, 그 욕심만큼 해내지 못하는 내가 미웠다. 그래서 그 말이 그만두고 싶다는 말로 불쑥 튀어나오곤 했다. 차라리 내가 이것들을 미워한다면 덜 사랑할 수 있을 것 같았다. 그래, 사실은 미워한다고 생각해야만 했다. 사랑을 뒤엎을 수 있는 감정은 고작 그런 한심하고 가짜인 것뿐이었다.

누구보다 내 꿈을 사랑해서 그랬다. 알면 알수록 내가 재능이 없다는 것도, 아무리 노력해봤자 이미 다른

선상에서 출발해버린 선수들이 아주 많다는 것도 인정
해야 했다. 나와 같이 시작한 사람들이 하나둘 이곳을
떠나는 것을 보면서 과거에는 처연함을, 지금은 동질감
을 느낀다. 나아가다 보면 미래에 이 시간은 그리움으로
남을까. 주머니가 너무 크고 많아서 잃은 것들이 너무
많았다.

구질구질하게 붙잡아둔 것들은, 결국에는, 다 버려야 하는 것이었다. 밤의 지하철에서 마주 보고 앉은 너를 기억한다. 바깥 풍경을 보는 척, 역시 한강은 어두워졌을 때 가장 아름답다는 헛소리를 하면서. 수면 위에 비친 가로등이 만든 가짜 윤슬이 쉽게 잊히지 않는 것이다. 하얀색 줄 이어폰을 귀에 꽂고는 팔짱을 끼고 졸던 너를. 그 안에 들어 있던 게 '검정치마'가 아니라 《노르웨이의 숲》을 읽어주는 오디오북이었다는 건 한참 뒤에나 알 수 있었지만. 그래, 그 애는 꼭 오디오북을 읽어야 잠들 수 있다고 했다. 그래서 책을 읽는 게 아니라 듣는다고 했지, 참. 난 그 말이 퍽 재밌었는데. 들은 책은 많지만 내용을 아는 건 하나도 없다는 사실도. 그럼 같은 걸 계속 들으면 어때, 그런 말을 했을 때 걔가 뭐라고 했더라. 도입부는 잠들기 전이라 기억이 난다고 했던가, 아니면 어쨌든 많은 책을 읽은 사람처럼 보이는 게 마음에 든다고 했던가. 가물가물하네.

part 2

사실은, 구질구질하게 붙잡아 둔 것들도, 언젠가는 놓기 그렇게 어렵지 않아진다. 숱한 풍파를 맞으면서 지워진 기억들이 떠오르는 것보다 훨씬 많고, 깊게 읽은 책들을 가지고 꼭 너도 읽어보아야 한다고, 단순히 줄거리 요약 따위로는 이 책을 완전히 이해할 수 없다며 찬양하던. 그래서 네가 완전히 '읽은' 것이 맞는지, 흘러간 너의 '들은' 책 중 하나가 아닌지, 하고 목매던 것들도 그저 한 줄 평을 남기는 것만으로 여운을 다할 수 있게 되기도 한다. 영원한 것이 없다는 것은, 사랑하는 것들과의 이별을 생각하며 가슴 아프게 하기도 하지만, 동시에 지금 가슴 아프게 하는 것들도 영원치 않다는 말이기도 하다. 끝이 있다는 사실이 가끔은 위로가 되기도 했다.

불확실한 미래가 두렵다는 말을 듣는다. 나는, 그 말을 뱉어내는 마음을 이해하지 못하는 것은 아니지만, 사실 '불확실한 미래'라는 말은 너무나도 당연한 단어가 아닐까 생각한다. 계란으로 만든 오므라이스, 사진이 찍히는 카메라 같은 말처럼. 달리 말하자면 확실한 미래 같은 건 없다는 말이다. 당장 다가오지 않은 일들을 고작 그간의 데이터를 기반으로 예측한 것을 가지고, 그게 정말 일어날 일인 양 두려워하는 것은, 어쩌면 내 예상이 빗나가지 않을 거라는 일종의 자만인지도 모른다. 우리는 미래를 모른다. 모를 수밖에 없다. 닥쳐보지 않았으니까.

자연재해를 예방하고 방지하는 것은 중요하지만, 매 순간을 태풍이 올까, 산이 무너질까, 화산이 폭발할까 두려워하면서 사는 건 그다지 옳지 않다. 미래를 두려워하는 데 현재를 다 써버리는 것만큼 시간을 낭비하는 것도 없을 테니까. 우리가 해야 할 일은 그저 나를 더

단단하게 지어놓는 것뿐이다. 다가오지 않은 미래에는 모든 가능성이 존재한다. 우린 당장 내일 죽을 수도 있지만 갑자기 기대조차 하지 않았던 곳에서 좋은 연락이 올지도 모른다.

망가진 삶을 살고 있는 것 같던 날

더러워진 방을 정리하려면 가장 먼저 해야 하는 일은 방을 내 눈으로 바라보는 것이다. 더럽다는 것을 인정해야 한다. 중요한 것은, 방이 더러워진 것이지, 애당초 방은 더럽기 위해 생겨난 곳이 아니라는 사실이다. 갱생할 수 있는 것은 적어도 희망이 있다. 희망이 있다는 것은 가치가 여전하다는 것이다. 나는 방을 들여다보는 것이 무서워 아주 긴 시간을 덮어놓고 불을 꺼두기만 했다.

결국은 직면해야 한다. 그래야 깨끗이 할 수 있다. 방이 더럽다고 사방에 무작정 락스를 뿌려버릴 수는 없지 않은가. 먼지 쌓인 곳은 걸레로 닦아내고 흘린 머리칼은 주워서 쓰레기통에 넣자. 더러워진 거울은 물을 칙칙 뿌리고 신문지로 문지르자. 쌓인 옷가지들은 전부 세탁기에 넣자. 치워야겠다는 마음만 있으면 언제든 다시 깨끗하게 할 수 있다. 전부가 망가졌다고 생각했던 건 허상 속에 빠져 살던 나의 단단한 착각이었다.

잘못 온 택배

과분한 행복은 늘 잘못 온 택배 같았고 그 행복이 다 무너지고 다시 불행이 찾아오면 그제야 원래 주인을 찾아간 것이라 생각했다. 그리고 그렇게 생각하는 것이 나에게 아주 건강한 것이라고도. 그래야 불행을 덜 아파할 수 있었다. 어차피 나의 것이 아니었다. 남이 가진 것을 탐내는 것만큼 초라하고 탐욕스레 뵈는 것도 없을 테니. 그래서 가지지 못한 것을 아쉬워하지 않기로 했다. 그러다 보면 딱 주어진 것들에 만족하고 살 수 있을지도 모른다고. 한참을 그렇게 살았다.

그래도 트럭이 지나갈 때면 저 수많은 택배 중에 내 것이 하나라도 있을 텐데. 저렇게 많이 쌓인 것 중 나의 몫이 단 한 개도 없지는 않을 거야. 생각했다. 사실은 많이 외로웠던 것도 같다. 행복을 싫어하는 사람은 아무도 없다. 다만, 선택한 것이다. 행복이 불행을 극대화할 장치라고 생각하던 날들에는 행복하지 않으면 불행할 일도 없을 거라 믿었다.

그렇게 문 앞에 놓인 택배를 모두 반송시키곤 했다.

개중에는 정말 내 것이 있었을지도 모르겠다마는.

어중간함

그는 일주일에 고작 한두 개비의 담배를 피우는 사람이었다. 난 흡연자도 아니고 비흡연자도 아니야. 어디에도 속하지 않은 것이 너무나 자기답다며 웃기다고 했다.

난 참 어중간한 사람 같아. 그와 만날 때면 늘 이 문장을 한 번씩 뱉었다. 그와 나는 어디에도 속하지 못했다는 공통점이 있었고 게다가 나는 소속되는 것이 싫어 도망치면서도 늘 어딘가에 속한 사람을 부러워하던 사람이었다. 자유로운 것과 안정적인 것은 공존할 수 없다고 생각했다.

자유도 안정도 없는 삶은 어쩌지, 내가 물었다.
무엇이 널 옭아매는지 고민해 봐, 그가 답했다.

문득 생각해본다. 나의 자유는 그저 게으름이었나. 원치 않는 삶을 사는 사람들을 보며 안정적인 삶은 다 그런 모습을 하고 있을 거라고 자위하고 있던 건 아니었을까. 확실한 것은 불안정한 삶이 무조건 자유롭지는 않다는 사실이었다.

담배를 피우는 건 자유로워 보여도 끊지 못하고 있는 건 부자유네. 그는 본인의 처지를 빗대 그런 말을 했다. 자유로워 보이는 것 중에서는 실상을 들여다보면 정작 그렇지 않은 것들이 많았다. 난 술로 보내는 밤들이 무척 자유롭다고 생각했지만 술 없이 잠들 수 없는 몸이 되었으니 그마저도 부자유한 것이다. 정신승리였던 걸까, 곱씹어보니 그런 것도 같다.

노력하지 않는 삶이 자유로운 것이 아니었다. 자유야말로 노력으로 얻어낼 수 있는 것이었다. 나는 그저 내 삶을 방임하고 있었는지도 모른다. 그건 그저 버려버린 것뿐이었다.

part 2

고장 나기 전에 쉬어야 한다

돌이켜보면, 돈 많은 백수가 되고 싶다는 주변 사람들의 말을 잘 이해하지 못했다. 뭐라도 해내지 않을 때의 나는 쓸모없는 사람 같았다. 이것도 결국 세상이 굴러가기 위해 만든 사회적인 강박 같은 걸까. 아무튼, 나는 늘 일하는 상태여야만 했다. 그러다 보면 가끔은 왜 그렇게 열심히 사느냐는 질문을 받기도 했다. 이건 일종의 발악 같은 거라고 답하고는 했다.

계속 굴러가기만 한 탓에 멀리 나아갔지만 쉬어야 하는 타이밍을 찾지 못했다. 정확히 말하면 내가 쉬어도 되는지조차 확신하지 못했다. 나는 기계가 아닌데, 크게 착각하고 있었다. 하물며 기계조차 과열되면 잠깐 전원을 끄고 열기를 식혀주어야 하는데.

결국 고장이 나고서야 쉴 수 있었다. 잠깐 전원을 끄고 생각했다. 작동하는 나에게 취해 한없이 굴러가려 했구나. 그건 애초에 불가능이었다. 쉬는 것은 한심한

것이 아니라 가장 효율적인 것이었다. 얼마나 빠르게 성
장하느냐보다 더 중요한 것은 얼마나 오랫동안 영유할
수 있느냐였다.

요리를 조금씩 시도하면서 깨달은 것은 요리할 때 마음을 급하게 먹으면 안 된다는 거다. 나는 성격이 아주 급하고 배고픔을 잘 참지 못하는 사람이라, 조급해지면 불을 점점 키운다. 강불로 볶은 것들은 겉은 타고 속은 잘 익지 않는다. 허둥지둥하다가 칼로 엄지를 벤 적도 있다. 요리할 때 맛을 보거나 칼질을 잘하는 능력도 물론 중요하지만 제일 중요한 것은 침착함이다. 요리를 잘하려면 기다릴 줄 아는 사람이 되어야 한다.

그랬다. 망쳐버린 일들은 모두 침착하지 못해서 벌어진 일들이었다. 떨리는 마음에 밀려 쓴 기말고사 OMR카드. 그와의 관계에서 혼자 너무 앞서 나갔던 것. 조급함이 가져다준 것은 빠른 진전이 아니라 불안함과 허술한 결과물뿐이었다.

연기를 배울 때 가장 많이 하는 실수 중 하나는 대사와 대사, 단어와 단어 사이에 호흡을 섞지 않는 것이다.

이 문장을 빨리 전달해야겠다는 단순한 생각 때문에 아주 급하게 숨 쉴 틈 없이 말한다. 자연스럽게 말하기 위해서는, 끊을 줄 알아야 하고 호흡할 줄 알아야 한다.

그건 부자연스러운 관계에서도 마찬가지다. 갑자기 자주 보고 갑자기 표현한다고 관계가 진전되는 것이 아니다. 오히려 너무 인위적이라 느껴지기까지 한다. 끊어 주고 쉬어주어야 한다. 속이 다 익을 때까지 침착히 기다려야 한다. 그러니까 결국은 급할수록 돌아가야 한다는 말이다. 눈앞에 목표가 있는 사람들은 종종 과속하기 쉽다.

"눈치를 왜 그렇게 많이 봐. 사람들 시선에 너무 신경 쓰지 마. 어차피 널 좋아할 사람들은 네가 어떤 행동을 하든 널 좋아할 거고, 널 미워하는 사람들은 네가 어떻든 간에 널 미워할 거야. 사람들은 생각보다 너한테 관심이 없어."

누군가의 시선 속에서 사는 사람들은 이런 충고를 종종 듣는다. 틀린 말은 아니지만 새로운 말도 아니다. 그런데도 계속 눈치를 보는 것은, 저 말들이 와닿지 않아서라기보다는, 눈치를 보지 않아서 마음이 다쳤던 적이나 눈치를 볼 수밖에 없었던 과거의 어떤 환경들을 극복하지 못했기 때문일 거라 생각한다.

나도 누군가의 눈치를 보지 않아도 상관없었던 날들이 있었다. 문제는, 내가 누군가의 눈치를 보지 않는 만큼 누군가는 나의 눈치를 보고 있었다는 걸 몰랐다. 그러다 해가 지고 동이 트는 것처럼 당연한 수순처럼 외면

당했다. 눈치 없는 내가 싫다는 것이 그 이유였다.

지금의 나는 눈치를 아주 많이 보고, 사소한 말투 하나에도 집착하는 경향이 있는데, 여전히 누군가가 나의 눈치를 보고 있을 거라는 생각이 자꾸만 들어서다. 그래서 또다시 버려질지도 모른다는 망상. 버려진 것들이 구해지는 것에 인색한 태도를 보이는 이유는 다시금 버려지는 것이 두렵기 때문이다.

그럼에도 버릇을 고치는 게 어려우니까, 사실 상처받는 것은 너무 두려우니까. 너무 많은 사람에, 또 너무 많은 상황에 연연하지 말자고. 내일이면 지키지도 못할 다짐을 거듭했다. 관계는 더 심심한 사람이 질 수밖에 없는 싸움이다. 생각이 너무 많은 사람은 소설가가 된다. 에피소드는 다양했지만 모든 추리소설 속 범인은 매번 나였다.

냄새가 배다

김치를 담았던 통에서는 계속 김치 냄새가 난다. 시간이 지나도 잘 빠지지 않는다. 음식물 쓰레기를 담았던 봉지 안에 네게 줄 선물을 담을 수는 없다. 말을 수 있는 것은 볼 수 있는 것보다 훨씬 지속적이고, 끈질기며, 존재감이 강하다. 그래서 형체를 보지 않아도 무엇이었는지 대충 가늠이 가능하다.

그 애는 미안하다는 말을 많이 했다. 가끔은, 자신이 쓸 수 있는 정도의 금액보다 더 값나가는 선물을 해주기도 했다. 특별한 날을 그냥 지나친 적이 없었고 유난스럽게 보내려 노력했다. 굳이 그럴 필요까지는 없어. 자주 회유했지만 자기가 좋아서 그런 거라며 많은 노력을 했다.

어렴풋이 짐작할 수 있었다. 그 행동들은 아마 과거 경험으로 생긴 죄책감이었으리라. 누군가는 그걸 트라우마라 하고 누군가는 그걸 학습이라 하던데. 잠시 시선을

놓치고 나면 잃어버릴까 벌벌 떠는 네 모습을 보고 네가 배웠다고 생각하고 싶진 않았다. 네게 남아 있기에 너무 아픈 향이었다.

과거의 그 사람이 주지 않았던 것들을 주며 세상엔 그 사람 같지 않은 사람도 있다고 널 다독였다. 네게 밴 향이 점차 사라질 때까지, 그래서 온전한 네가 조금씩 드러날 때까지. 냄새는 완전히 사라질 수는 없어서 어떤 형태로든 네게 남아 있겠지만, 그래서 결국은 널 구성하는 일부로 자리 잡겠지만, 우발적으로 불쑥 튀어나오는 모든 습관을 고칠 수는 없지만 적어도 그게 당연함으로 남진 않길 바랐다.

두 달 된 조카를 키우며

먹여주는 건 그렇다 치고 재워주기까지 해야 해. 혼자 잠을 자는 것조차 못 한다니까. 그래도 사람인데. 사실, 아직은 사람인지도 잘 모르겠어. 뭐랄까…… 강아지 같아. 나보다 열한 살이 많은 내 언니는 삼 년 전에 결혼해서 이제 막 태어난 지 두 달 넘은 딸이 있다. 조카는 최근에야 4킬로그램을 겨우 넘었다. 목을 가누기는 하지만, 아직은 안아주지 않으면 울고, 배가 고프면 울고, 가끔은 이유가 없어도 울었다.

인간 하나를 인간 구실을 하게끔 키운다는 게 보통 쉬운 일이 아니야. 우리 엄마도 우릴 그렇게 키웠겠지. 참, 보고 있으면 애한테 뭘 바라나 싶기도 해. 좋은 직업을 가지라느니, 훌륭한 사람이 되라느니 하는 것 말이야. 그냥 지금은 잘 때 잘 자고 아프지 말고, 딱 그것만 해주면 좋겠다 싶더라. 건강하게만 자라달라는 말이 이런 뜻이었을 것 같아.

태초의 인간은 무능하다. 그러니 주로 부모인 사람이 하루에 한 번 아이를 씻기고, 두 시간에 한 번씩 젖을 먹이고, 수시로 울어대는 아이를 품에 안고 달래야 한다. 나 역시 부모님이 사랑을 가득 쏟으며 키우셨겠지. 먹이기 위해서 먹지 못하고 재우기 위해서 잠들지 못했던 엄마의 어떤 날들을 그려본다. 그때 엄마는 어떤 마음이었을까. 모성애라는 이름만으로 날 사랑하기엔 너무 고되고 지쳤을 날들에.

나의 존재를 새삼 다시금 생각하게 된다. 잘 키워 수확한 과수원의 과일처럼 나는 자랐다. 소중하게 일구어낸 나를 스스로 망치지 말아야지. 나 자신이 아주 미워질 때면 나는 종종 내가 절대 기억하지 못하는 과거 속 일련의 시간들을 곱씹는다. 당신의 젊음을 훔쳐 자라난 내가 있다. 그래서 잃지 말고 살아가야 하는 내가 있다.

하늘을 타고 오르는 꽃

너는 능소화를 닮았어.

이 말을 듣기 전까지 나는 그런 이름을 가진 꽃이 있
는지도 몰랐다. 자그마하고 붉은 꽃. '능소'라는 단어에
는 하늘을 타고 오른다는 뜻이 있다. 덩굴을 뻗어 어디든
올라가 기어이 하늘을 봐야만 하는 꽃이다. 악착같이 하
늘을 보려는 의지가 있다. 그 의지를 조금은 닮고 싶다고
생각했다.

어른이 된다는 건 포기하는 것이 하나둘 늘어간다는
의미야.

멋있는 말이었지만 그다지 달갑지는 않았다. 나는 아
직 움켜쥐고는 놓치고 싶지 않은 것들이 많았다. 그러나
한 가지씩 슬슬 타협하는 것들이 늘어가고, 바라기 전에
그 강도와 가능성을 가늠하고, 포기하는 것보다 시작하
는 것에 지레 겁을 먹는 사람이 되어가는 것, 그래서 현

재 삶에 만족하는 것. 이게 어른이 되는 과정이라면 조금 서글프다.

한여름 푹푹 찌는 무더위를 뚫고 악착같이 하늘을 보려 피어나는 능소화는, 어떤 장애물이든 모조리 타고 올라가는 그 꽃은 열매를 맺기 전이니 어른이라고 할 수 없나, 혹은 이파리를 틔운 뒤 피어난 꽃이니 어른이라고 해야 하나.

그래서 37도에 육박하는 날씨에 그늘 하나 없는 곳으로 능소화를 굳이 보러 가겠다고 길을 나섰다. 지하철을 타고, 버스를 타고, 또 내려서 한참을 걸으며, 이마에 난 땀이 눈으로 흘러들어가 눈이 따끔거릴 즈음 만난 능소화는 덥다 못해 뜨거워 타버릴 것만 같은 날씨에도 하늘을 보고 있었다. 이글거리는 아스팔트 위에도 능소화는 피었다. 어른이었다, 능소화는 분명.

어떤 순간들은 담지 못해 아팠다

스쳐 지나가는 것들에게 잠시 멈추어달라고 할 수 없으므로 찰나를 기록하는 일은 쉽지 않았다. 눈 깜짝할 새 사라지는 햇빛, 잠깐 드러난 표정. 다시 잡은 자세는 아까와는 살짝 달라져 버린다. 사랑하는 것들을 온전히 담는 일은 이다지도 어렵다.

멈춰놓고 싶은 순간은 존재하지만 흘러가야 한다. 온기는 식고 어린 것은 늙는다. 피었던 것은 저물고 밴드는 마지막 곡을 준비한다. 공연이 끝난 공연장 앞에서 터덜터덜 걸어 나가며 그 앞을 한 장 찍었다. 영원한 것은 다 죽은 것들뿐이야. 사람이 다 빠지고 조명이 하나둘씩 꺼져가는 공연장 건물을 바라본다. 영원은 원래 이렇게 초라한 것이었나.

나는 잃어버린 몇몇 순간들을 기억한다. 내가 기억할 수 있는 것들은 용량이 한정되어 있어서, 그마저도 아주 사소하고 또 지난 것들은 자꾸 오래된 종이처럼 색이 변

해서, 그래서 한 장을 꼭 찍어두었어야 했는데. 담지 못
한 순간들 때문에 아직도 한 롤의 필름조차 다 채우지
못해 현상할 수가 없었다. 너무 많이 남았다, 아직 찍어
야 하는 장들이.

여름의 마지막을 알리는 비

장마에 내리지 않던 비가 이제야 내린다. 늦은 여름비가 다 쏟아지고 나면 가을이 오겠구나. 언제까지 더울지 한탄하던 여름도 끝나고 어느새 쌀쌀한 바람이 불겠지. 지하철 출구를 나서면 선뜩한 공기에 놀라고, 겉옷을 챙기지 않으면 으슬으슬할 것이다.

평생을 함께할 것처럼 굴던 그는 이제 없다. 내 이야기를 듣고 나면 날 다르게 볼지도 모른다며 네게 뱉은 말들을 다 천천히 듣고는, 그게 널 사랑하지 않을 이유가 되진 않는 것 같다고 말했던 그. 그럼 난 이제 분명 널 아주 많이 사랑하게 될 텐데. 신신당부했는데도 그는 무심히 떠났다. 나는 그의 여전함을 사랑했나 봐. 그 있지도 않은 여전함을. 그는 아마 여름이었을 것이다. 길고 뜨거워 어쩌면 끝나지 않을지도 모르겠다고 생각한.

그래,
다 한철이구나.

말실수는 늘 있다

 말은 주워 담을 수 없기에, 그렇기에 내가 뱉은 말은 더 이상 나의 것이 아니다. 달리 말하자면 이제 내가 달리 손쓸 방법은 없는 건지도 모른다.

 의도치 않은 말실수를 한 날, 물론 모든 말실수는 의도하는 것이 아니겠지만, 나는 그렇게 말할 수밖에 없었던 상황을 설명했고, 그럼에도 상처받은 당신에게 연신 미안하다 말했다. 당신은 충분히 이해했고 괜찮다고 했다. 그렇지만 그 죄책감은 종양처럼 자리 잡아 날 아프게 했다. 그건 내가 짊어져야 할 죄의 무게였으리라.

 나는 아주 작은 실수에도 크게 자책하는 버릇이 있어서, 과연 이 죄책감을 짊어진 동안에 스스로를 얼마나 더 미워하게 될지 무서웠다. 다른 사람들은 이런 죄책감을 다들 어떻게 받아들이며 살까. 묻기 위해 열에게 내 상황을 한참 이야기했다. 열은 내가 말을 다 마치기도 전에 입을 뗐다.

그래서 너는 지금 어때?

그 말을 듣고는 잠시 말문이 막혔다. 이내 말을 이어나 갔다. 나는…… 나는 실은 너무 힘들어. 내가 사람들에 게 너무 유해한 사람인 것 같은 기분이야.

"넘어간 말은 네가 더 이상 어떻게 할 수 없는 거야. 조 금 무책임하게 보일지도 모르지만…… 뱉은 말은 그때 끝난 거고, 사과든 해결이든 해야 할 몫을 다했다면 그 다음은 상대방에게 맡겨야 하는 문제라고 생각해. 다 만 앞으로 조심해야겠다는 마음을 갖는 거지. 너무 사 랑하는 사람들도 종종 상처를 주고받는데 뭐. 실수한 네 가, 어느 이유로도 사랑받지 못할 너는 아냐. 스스로를 질책하는 일은 남을 향하는 것보다 덜 나빠 보이지만, 사 실은 스스로를 망가뜨리는 걸 허락하는 일일지도 몰라. 그러니까 그만하면 좋겠다."

알고 있다. 모두가 내 한 번의 실수로 떠나지는 않을 거라는 것. 그런데도 내가 이다지도 크게 책망하는 것은, 아마도 내 실수로 떠나간 듯한 인연들 때문에. 사실은 이렇게 말해준 열조차도 내가 실수하면 떠나갈지도 모른다는 생각에. 떠난 이들에게 책임을 묻기에는 내 실수가 너무 커다래 보여서.

그래서 계속 상기해야 했다. 내가 실수해도 떠나지 않을 이들도 분명 있다. 과한 자책은 날 미워하는 감정을 강화할 뿐이다. 더불어 다짐한다. 나도 누군가의 실수에 더 너그러운 사람이 되어야지. 모두의 마음을 헤아릴 수 없기에 실수하는 것이 인간이므로. 표현하지 않은 마음을 알아주길 바라고 그것에 상처받는 것은 지나친 비약일 테다. 가져야 하는 만큼의 죄책감만 갖기로 했다. 그 이상은 과잉 처벌일 뿐이다.

정의할 수 없는 감정

설명할 수 없는 감정들을 어떻게 정의해야 할지 몰라 모든 감정을 그저 속상함으로 얼버무린다는 너에게.

어떤 단어들은 의미 그대로 표현되지 않지. 그래서 감정에 이름을 붙이는 일이 어렵다고 생각해. 이를테면 그가 가진 것들에 느꼈던 강한 질투는 실은 부러움 섞인 동경이었고, 또 이루어졌으면 좋겠다고 빌었던 것들이 잘 해결되지 않았을 때 오는 속상함은 실은 고군분투한 시간들을 인정받지 못해 따라오는 상실감이었어. 어떤 불안함과 외로움은 사실 너무도 사랑한다는 말이기도 했고, 무력하다 느꼈다면 그건 네가 그만큼 전부를 쏟았다는 거겠지. 아마 감정은 거짓말을 잘해서, 또 직관적이지 않아서, 그래서 한마디로 말하기 어려운 거야. 울퉁불퉁한 생각들을 어떻게 그렇게 납작하게 담아내겠어. 눌러지지도 않는 것들을.

잘 지내?

잘 지내냐는 말에 대답하기가 유독 어렵다. 그 안부를 묻는 이에게 어디까지 솔직해야 하는지 알 수가 없다. 단순히 "잘 지내"라고 답하기엔 스스로에게 솔직하지 못한 것 같고, 그렇다고 내 서사를 구구절절 다 얘기할 필요도 없다는 생각도 든다. 상대도 내 이야기를 전부 듣고 싶어서 물어본 것이 아니라 으레 던진 인사말일 테지. 형식적인 질문에 내가 너무 많은 의미를 부여하고 있는 것이다.

결국 "그냥저냥 지내"라는 미적지근한 대답을 내뱉었다. 가장 솔직하고도 상대를 신경 쓰게 하지 않는 대답. 우린 서로에게 적당한 거짓말을 해야 한다. 솔직함이 약점이 되는 세상이라던데, 그런 관계들이 하나둘 늘어나는 걸 새삼 느낀다. 그 안에서 길러야 하는 힘은 떠날 것 같은 이들을 붙잡는 악력이 아니라 사람들이 떠나가도 스스로 설 수 있는 굳건함이었다.

내비게이션

내비게이션이 보여주는 길이 헷갈릴 때 '잘못 가는 거 아닌가.' 하는 생각이 조금이라도 들면 대부분 길을 잘못 든 게 맞았다. 그럴 때면 어김없이 남은 거리 숫자가 늘었고 한참을 돌아가야 했다. 아, 아까 빠졌어야 했는데, 하고 후회하면서.

잘못 살고 있는 것 같다는 생각을 했다. 방향을 잘못 들었을 때 빠질 수 있는 방법이 없다면, 혹은 아주 멀리 돌아가야만 다시 돌아올 수 있다면. 어쨌든 내가 가고 있는 길이 확실히 잘못된 거라는 뜻이겠다. 어쩌다 여기까지 왔나, 뒤를 돌아보았을 때 보인 길들은 다 초면이었다. 그럼에도 내가 직접 운전대를 잡고 나아온 길이 맞았다. 손에 땀이 흐른다. 쥐고 있는 핸들을 냅다 놓아버리고 도망가고 싶었다.

가면 갈수록 자꾸만 험하고 좁은 길로 빠지게 될 때는 정말이지 도착하기도 전에 그만둬버리고 싶어진다.

여기가 어디인지도 모르겠고 사이드미러를 보려다 자연스레 눈이 간 조수석이 유난히 휑하다. 차라리 누가 날 견인해줬으면 좋겠어. 가끔은 도시를 닮은 그런 차가움으로라도 허전함을 채우고 싶었다.

잘못 든 길 때문에 쓸데없이 나간 톨게이트 비용과 더 나온 기름값. 어떻게 알려주는 길도 못 봐. 처음부터 운전을 하지 말았어야 했나. 면허를 따기 전 내가 이제 운전할 줄 아는 사람이 된다는 생각에 얼마나 행복한 기대를 했는지는 기억조차 못 하고 그저 자책하기만 했다. 이룬 것은 당연하고 이루지 못한 것은 당연하지 않다 생각했다. 그걸 대단하다 느끼기 시작하면 그때부터 도태될 것 같았다.

좀 돌아간다고 큰일이 나는 것도 아닌데, 어차피 중요한 것은 도착하는 것인데도 내비가 알려준 시간보다 늦게 도착한 나를 몰아세웠다. 주차하고 집에 들어와 침대

위에 누우니 퍽 우스웠다. 그래봤자 고작 몇 분 차이였으면서.

주머니 속 세잎클로버

금세 추워진 날씨에 작년에 입던 두꺼운 옷을 꺼내 걸치고 주머니에 이어폰을 꽂은 핸드폰을 찔러 넣으려는데 무언가가 손에 걸린다. 꺼내보니 새것이다시피 한 립스틱이 두 개나 나왔다. 그러니까 일 년 내내 존재조차 잊고 있던 것들이다.

이게 여기에 있었네, 하고 넘기려다가 잠깐 멈칫하고는 선물받은 기분이다, 하고 말했다. 일상 속 소소한 행복은 자주 받아온 호의 같은 거라서 당연하지 않은 것들인데도 당연하다 여기기 쉽다. 더 큰 호의를, 더 큰 자극의 행복을 느끼지 않으면 그것보다 덜한 것들은 이제 기쁘지조차 않다.

행복은 금방 지나가고 또 잊어버리기 쉬워 애써 찾아내지 않으면 나도 모르는 새 유통기한이 훌쩍 지나버린 냉장고 속 우유처럼 상해버린다. 그러나 세잎클로버의 꽃말이 행복이고 네잎클로버의 꽃말이 행운이듯, 행운

은 찾기 어렵겠지만 고 자그마한 잎사귀들이 모여 있는 곳에 다가가기만 한다면 행복은 쉽게 찾을 수 있다.

올겨울 첫 선물을 나 자신에게 받았다. 작년에 사둔 립스틱 두 개를 잃어버렸다가 겨우 찾은 것이 아니라, 내 돈을 주고 산 물건을 제대로 활용하지 못한 일 년을 보낸 것이 아니라 작년 겨울의 내가 오늘의 나에게 남겨준 무언가. 작년의 내가 선물을 포장할 때에는 같이 넣은 줄 몰랐던, 일 년 새 에어링된 깨달음. 그런 걸 받았다.

비추어 보다

"다른 사람들의 모습을 짐작하는 건 물에 비친 내 모습을 보는 것과 같아. 투영하는 거지. 만약 누군가가 웃으면서 좋은 시간을 보내고 나서 상대가 마음 깊은 곳에서는 나를 싫어하고 있는 게 아닐까 하는 생각이 든다면, 어쩌면 내가 누군가를 그런 식으로 웃으면서 대해놓고는 한편으로 미운 마음을 가져본 적이 있기 때문인지도 몰라."

타인의 시선이 과하게 신경 쓰이고 쓸데없는 걱정까지 자꾸 하게 된다는 내게 언젠가 이런 말을 해준 이가 있었다. 자기 코가 마음에 들지 않는 사람은 타인의 코를 유심히 살펴본다. 자신의 무지함이 부끄러운 사람들은 누군가를 비난할 때에 "멍청한 사람 같으니라고." 같은 표현을 자주 쓴다. 누군가의 어떤 점이 밉다면 그건 내가 그 점을 가지고 있기 때문인 경우가 많다. 누군가는 이렇게 말한다. "지나친 표현은 그 내부에 반대되는 욕구가 숨어 있기에 나오는 것이다."

　그러므로 어떤 모난 감정이 생기면 누군가를 미워하기 전에 스스로를 먼저 돌아봐야 한다. 자신의 미운 점이 다른 방향으로 튀어나온 게 아닌가, 하고. 다른 사람들이 나를 평가할까봐 두렵다면 사실 내가 누군가를 평가하며 살아왔기 때문인지도 모른다. 나는 "그 사람은 속이 너무 좁아"라고 말한 사람치고 속이 좁지 않은 사람을 본 적이 없다.

한창 심리 상담을 다닐 때 의사가 내게 물은 적이 있다. "언제 가장 행복하다고 생각해요?" 고민 끝에 "다른 사람들이 저를 인정해줄 때 행복한 것 같아요"라고 대답했다. 의사는 말했다. "행복의 기준이 외부에 있으면 불안해져요."

당시 나의 감정은 이분법적으로 분류할 수 있었다. 오래 이어져온 깊은 열등감과, 상황이 조금 나아졌을 때 오는 자만심. 남들보다 낫거나 그렇지 않거나. 나를 평가하는 기준이 고작 그거였다. 그런 생각 회로가 당연히 마음에 들지는 않았으나, 경쟁 사회 속에서 그렇게 살지 못하면 밀려날지 모른다고 생각했다. 더 나은 기능을, 디자인을, 특수성을 가지지 못한 물건은 상품 가치가 없다. 사회에서 내가 1인분을 하기 위해서는 어쩔 수 없는 거야. 한마디로 표현하자면 아득바득 살았다. 인정받기 위해, 더 대단한 사람이 되기 위해서.

우스운 것은 그러면서도 주변 사람들을 '좀 그렇게 살면 어떠냐'라는 식으로 위로했다는 사실이다. 그것이 위선이었는지, 혹은 스스로에게만 가차 없었던 것이었는지는 잘 모르겠다. 아마 후자 쪽에 가까웠을 것이다. 원래 인간은 자기 일에는 객관성을 잃지만 남의 일은 풀기 쉬운 문제처럼 느끼는 법이다.

사회가 경쟁이 아니라고 말할 수는 없다. 그것이 중요하지 않다는 것도 아니다. 단지 그 경쟁이라는 것에만 집중하다 보면 행복해지기 쉽지 않다는 것이다. 아무리 성장을 거듭하더라도 나보다 나은 사람은 늘 존재하기 때문이다. 행여 내가 그 분야에서 그야말로 '제일 대단한 사람'이 되어도 마냥 행복하진 않을 것이다. 누군가는 나를 언젠가는 제치고 올라올 것이라는 불안함이 있기 때문이다.

결과보다 과정이 더 중요하다는 말은 쉽게 와닿지 않

는다. 뭐랄까, 마음에 들지 않은 결과를 초래한 사람이 애써 현실을 부정하기 위해서 만든 말처럼 들린다. 그렇지만 '평생을 행복하다가 마지막에 실패한 사람'과 '평생 불행하다가 마지막에 성공한 사람' 중 고르라고 하면 대부분은 전자를 고를 것이다. 사후라도 내 성공이 길이길이 남아 남들에게 기억되는 것이 더 중요하다면 후자를 고를 수도 있겠으나…… 적어도 나에게는 내가 존재하지 않는 세상은 큰 의미가 없다. 아무리 나를 존경한다며 떠든다 한들 세상에 없는 내가 닿을 방법은 없지 않은가?

그렇다고 앞서 말한 것이 '성공한 인생은 불행하다'라든지 '성공을 행복으로 느껴서는 안 된다'라는 말 따위로 해석되지는 않았으면 한다. 성공을 이룰 때 인간이 커다란 행복을 느끼는 것은 부정할 수 없다. 요지는, 마지막이 성공이었든 실패였든 간에 그걸 일궈내는 과정에서 행복을 느끼는 것이 더 중요하다는 것이다. 중요할

수밖에 없다. 결과보다는 과정이 인생을 이루는 비율이
압도적으로 크기 때문이다.

　실은 그때 의사가 나에게 질문을 하나 더 던졌다. "그
럼 남들이 인정해주지 않으면 행복하지 않아요?" 그때
의 나는 그렇다고 말했지만, 지금의 나는 그렇지 않다.
누군가가 인정해주지 않아도 나 스스로가 어제의 나보
다 성장했다고 느낀다면, 그래서 그야말로 내가 나를 인
정해줄 수 있다면 그것으로 충분히 행복하다. 그리고 인
간은 오늘보다 어제가 낫기란 쉽지 않다. 모든 경험은
학습이기 때문이다. 행여 오늘의 내가 큰 실수를 해서
차라리 어제로 되돌아가고 싶다고 생각할지언정 그래도
오늘의 내가 나은 것이다. 실수에서도 배운 것이 분명
있을 테니 말이다. 물론 속상함과 부끄러움은 덤이다.

그제야 봄이었음을

눈이 다 녹고 나서야 찾아온 편지. 이제는 당신 없이도 발이 더 이상 차갑지 않길 바란다는 당부. 봉투에 붙은 몇 개의 벚꽃잎. 종이가 행여 겨울 찬기에 젖을까 이제야 보냈다는 너의 말을 듣고 아, 그제야 그것이 봄이었음을.

나쁜 기억 후엔 바로 자면 안 돼

생각해보니 그랬던 것도 같아. 시험 전날, 공부했던 내용을 잊어버리기 전에 잠들면 이튿날 그 기억이 꽤 생생하게 되살아난다고. 그래서 머릿속에 넣을 수 있는 양을 달달 외운 다음에 바로 잠을 자고, 곧바로 일어나서 시험을 치곤 했어. 응, 그거 꽤 효과 좋던데.

같은 맥락인 걸까. 나쁜 기억을 마주한 채로 바로 잠들어버리면 그 기억이 오래 남는대. 난 기억하기 싫은 일이 생기면 아주 오래 잠을 자는 습관이 있어. 그걸 겨울 잠이라 불러. 한바탕 겨울잠을 자고 나면 씻은 듯 괜찮아질 것 같지만 꼭 그렇지는 않더라. 오히려 너무 생생해서 더 자야 할 것만 같았어. 이렇게 오래 자다가, 아주 오래도록 길게 자다가 영영 깨어나지 않아도 좋겠다, 생각하기도 했어.

그래서 자기 싫어도 억지로 잠들려 노력했는데, 물론 쉽지는 않았어. 생각해보면 그게 나도 모르게 내 몸이 살기 위해 애썼던 걸지도 모르겠다. 잊고 싶은 일을 너무 오래 기억하지 말라고, 지금 잠들지 않고 버텨야 조금이라도 더 짧게 기억할 수 있다고. 뜬눈으로 지새우는 며칠의 새벽이, 수년이 흘러도 생생히 기억하는 오늘보다는 짧을 테니.

구멍

작은 구멍으로 세상을 본 적이 있나요.
안경을 쓰지 않아도 잘 보인답니다.
편협함 속에는 뚜렷함이 있어서,
원래 작게만 보는 사람들은 그렇답니다.
그것이 전부인 양 믿어버려서 구멍을 더 크게 뚫을 생
각은 못 하지요.

구멍이 커질수록 세상은 흐릿하고
아는 것보다는 모르는 것이 더 많다는 것.
그걸 모르고 싶어서 구멍을 좁힙니다.
세상엔 모르고 싶은 것이 모르는 것만큼 많으니까요.

당신을 모가지 위로는 볼 수가 없습니다.
부디 눈물을 무릎까지 떨구지는 않도록 조심하세요.
세상에는 마주하고 싶지 않은 것이 마주한 것만큼 많으
니까요.

건배와 악수

짠, 하고 술잔을 맞부딪는 건배는 서로의 잔에 독을 타지 않았다는 것을 증명하기 위해 시작됐다는 말이 있다. 왼쪽 허리에 차고 있는 칼을 뽑지 않고 오른손을 내밀었을 때, 손에 무기가 없는 것을 확인하고는 상대의 내민 손을 무기 없이 맞잡는 일. 악수는 그렇게 생겨났다.

우리는 누군가를 진심으로 믿는 일에 아주 인색하다. 물론 처음부터 그렇지는 않았을 거다. 착한 사람은 바보가 되는 세상. 모든 말은 해독이 필요하다. 너와 나의 관계가 가진 공식을 대입해 풀이 과정을 적어가면서.

스스럼없이. 진심으로. 솔직히. 단어로는 존재하지만 실재하지는 않는 것들. '진심이야'를 덧붙인 말 치고 진심이었던 것들이 몇 개나 있더라. 진심은 주로 보여주는 것이 아니라 들키는 것에 가까웠다. 우린 결국 매일 거짓말만 뱉으며 살고 있는지도 몰라. 진실보다 듣기 좋고, 진심보다 하기 편한 말을.

주관적인 객관

객관적이라는 말은 사실 그저 허구에 불과할지도 모른다. 운을 뗄 때 '객관적으로 봤을 때'라는 표현이 붙을수록 진짜 객관적인 이야기가 아니었다. 그저, 내가 지금부터 하려는 이야기가 너희도 당연히 동의하는 이야기여야 해, 하는 하나의 강요에 가까웠다. 인간은 어쩔 수 없이 누구나 주관이 있다. 내가 아무리 객관적으로 생각한다 한들 어느 정도의 주관이 무조건 가미된 생각일 것이다.

그러니까, 자기 객관화랍시고 하는 생각들이, 실은 다 허상일지도 모른다. 스스로를 객관적으로 보려 노력하는 사람들은 주로 자기 자신을 비관적으로 생각한다. 그것이 발전의 씨앗이 될 수는 있겠지만, 스스로를 사랑하는 것과는 조금 거리가 있을 것이다.

영은 쉽게 우울해하지 않는 사람이다. 어떻게 그럴 수 있을까 곰곰이 생각해보니, 자기는 착각 속에 빠져 사는 사람이라 그런 것 같단다. 자기애가 강한 사람들은 이기적일 것 같지만 또 그렇지도 않다. 스스로를 소중히 하는 법을 아니까 상대도 그만큼 소중히 여길 줄 안다. 스스로를 사랑하는 만큼 당연히 상대방도 사랑받아야 하는 사람임을 안다. 아, 여기서 말하는 자기애는 우월의식과는 엄연히 다르다. 다른 사람보다 낫기 때문에 사랑할 수 있는 사람 말고, 온전히 스스로만 보고 비교 없이 사랑할 수 있는 사람들.

우리가 객관적으로 볼 수 있는 것은 아무것도 없다. 다른 색인 줄 알았던 두 색이 사실은 같은 색이었다느니 길이가 다른 줄 알았던 두 직선이 실은 동일한 길이였다느니 하는 여러 착시 현상에서 지겹도록 하는 말은, 인간의 눈은 생각보다 부정확하다는 것이다. 내가 믿는 것이 진짜라 믿는 것은 확증 편향인지도 모른다. 나의 생각과는 다른 정보는 모두 배제하고, 일치하는 것들만 보고는 자신의 생각이 역시나 맞았다고 주장하는 것.

칭찬을 잘 받아들이지 못하는 사람들이 주로 그렇다. 그냥 내 기분 좋으라고 하는 소리겠지. 그래서 마음에도 없는 말을 하는 거겠지. 스스로가 보기엔 그렇지 않은데, 남들은 그렇다고 말해주니까, 도저히 이해하지 못하는 거다. 정말로 그 칭찬이 사실이 아니라고 한들, 영의 삶을 대하는 방식처럼 조금 착각 속에 빠져 살 필요가 있다. 내가 보는 세상만 세상이 아니니까.

외롭고 싶은
사람이
어디 있어

카드 게임

가진 마음을 숨기는 것. 이건 일종의 블러핑이다. 상처받았다는 사실은 최대한 티 내지 말아야 한다. 마치 이렇게 흘러간 것이 당연하다는 듯이. 이미 예상했던 일이야. 그다지 개의치 않아. 초라한 카드를 보여주면 지는 거다. 나는 더 강한 패가 있다고, 너 정도는 아무것도 아니라고, 그렇게 상대를 속여야 한다. 나 자신조차도.

내 수법이 제법 먹혔는지 너는 기권하고 게임장을 나가버렸다. 간과하고 있는 사실이 있었다. 너는 나와 긴 게임을 할 생각이 애당초 없었던 거다. 나는 이겼지만 결국 아주 크게 져버린 셈이었다. 네가 베팅한 마음은 게임장 문을 열고 나갈 때부터, 사실은 아주 훨씬 전부터 사라진 마음이었으니까. 남은 건 결국 네게 보여주지 못한 카드와 혼자 초라하게 게임장에 앉아 있는 나뿐이었다.

감정 노동

고심 끝에 네게 준 선물은 네가 이미 가지고 있는 것이었다. 분명 잘 어울릴 것 같아서 몇 날 며칠을 고민해 건넨 선물이었는데. 너는 연신 고맙다고 했지만, 그건 날 배려하는 마음에서 나온 미안함의 표현이었을 것이다. 이미 가진 걸 필요로 하는 사람은 없다. 그래서 부족함이 많은 사람을 사랑하던 시절이 있었다. 무엇을 주어도 진심으로 고마워하는 사람. 그게, 필요한 게 많은 사람이었다는 걸 깨닫는 데까지는 오랜 시간이 걸리지 않았다.

준비한 것들이 다 동나면 급기야는 내가 가지고 있는, 사실은 나도 필요했던 것들까지 주어야 했다. 나는 시간을 주었고 감정을 주었고 집중을 주었다. 주도권을 주었고 관심을 주었고 얼마 갖고 있지 않은 자긍심을 주었다. 너는 내가 준 것들을 금방 무너뜨리는 사람이었다. 집을 난장판으로 만들고는 주인을 바라보며 아무 잘못 없다는 듯이 헤헤 웃는 강아지처럼. 너는 종종 그렇게 웃었다. 내가 가장 싫어하는 행동들을 하고서.

.

술에 취했던 날

결국은 또 위스키를 잔에 따랐다. 내일은 오전부터 일정이 있으니 오늘은 정말 술을 마시지 말자고 다짐했는데, 그럴 수가 없었다. 밤마다 혼자 술을 마신 지 꽤 오래 지났지만 나름의 이유가 있었다. 간절히 잊고 싶은 기억이 다시 떠올랐기 때문이다. 그 기억은 떠오르고 나면 잊히기까지 시간이 오래 걸린다. 시간이 해결해준다는 말은 절대 틀리지 않았지만, 문제는 그 시간이라는 놈은 하도 꾸물거려 해결까지 긴 세월이 필요하다는 거다.

그 기억에 사로잡히면 밤을 보내는 일이 아주 고되다. 의식하지 않고 흘려 보내던 모든 순간을 고통스러운 과정으로 간주하게 된다. 그 과정 안에 놓여 있으면, 생각은 깊은 골까지 파고들어 내가 잘못하지 않은 것까지 사실은 내가 잘못한 것이 아니었을까, 하고 고민하게 된다. 네 잘못이 아니야, 그렇게 생각하고 싶지만 모든 관계에는 인과가 있기 마련이고 또 관계 속에서 완전한 가해자와 완전한 피해자는 존재하지 않으니까.

그러나 사실은 다 핑계였는지도 모른다. 나는 술을 마신 날도, 마시지 않은 날도 매일 울었다.

나쁜 사람과 소문

령은 소문이 좋지는 않았다. 그 애는 남자한테만 잘해 준다더라. 사람의 급을 나눠서 다르게 대한다던데. 누구 한테 들었는데 걔 어렸을 때도 학교에서 계속 겉돌았대. 학교 애들이 다 싫어했대. 성격 참 별로라더라.

소문이 사실인지는 모르겠으나, 아무튼 령의 주변에 는 사람이 그리 많지 않았다. 같이 다니는 친구라 해봤 자 끽해야 두세 명. 반 아이들은 겉으로는 티 내지 않았 지만 령이 자리를 비우고 나면 한두 마디씩 얹었다. 학기 초라 아직 서로를 잘 모르는 친구들은 어디서 주워들은 이야기로 령을 마음대로 구성하고 있었다.

내가 본 령은 그저 작고 왜소한 여느 여자아이일 뿐이 었다. 사람들에게 먼저 다가갈 정도로 활발하진 않지만, 그래도 주위 친구들과 대화를 나눌 때면 미소를 머금는. 체육시간에 농구를 배울 때면 그 작은 키로 나름 열심 히 뛰어보려 애쓰던 모습이 인상적인. 가끔 흥얼거리는 노래가 꽤 듣기 좋았고. 그중에는 내가 좋아하는 노래도 종종 있었다.

령과 나는 서로의 노래 취향을 공유하면서 서서히 가까워졌다. 령과 친해지면서, 아이들 사이에 도는 얘기들이 대부분 헛소문에 가깝고, 그건 아이들이 질투 어린 눈으로 령을 바라보고 제멋대로 내뱉은 말이라는 사실을 깨달았다. 숫기가 없는 데다 입을 다물고 있으면 차가워 보이는 인상 탓에 성격이 나쁘다는 얘기를 많이 들었다는 것. 중학교 때 이유 없이 왕따를 당해 학교 친구들이 모두 등을 돌렸고 그래서 도망치듯 일부러 먼 곳으로 고등학교를 골랐다는 것. 그러나 사실은 그가 제법 좋은 사람이라는 것.

소문이 좋지 못한 사람을 만날 때면, 혹은 누군가에게 나쁜 사람이라고 이미 이야기를 들은 사람을 만날 때면 나는 령을 떠올린다. 편견을 버리고 내 앞에 있는 이를 마주해 상대의 본질을 보려고 노력한다. 어차피 우린 모두에게 좋은 사람일 수 없고, 혹자에게 나쁜 사람이었다고 한들 내게 나쁜 사람일 거라는 보장도 없다. 령은 내게 그런 걸 알려주었다. 령은 나보다는 더 나은 사람임이 틀림없었다.

퍼즐의 모양

누군가 가지고 있는 결핍의 영역들, 그리고 남들보다 더 뛰어나, 그래서 그것이 결여된 이에게 채워줄 수 있는 부분. 그건 퍼즐 같았다. 나와 아주 닮아 있었지만 그래서 맞지 않은 이가 있었다. 퍼즐에서 같은 모양의 조각은 동질감을 느끼게 할 수는 있으나 아무런 쓸모가 없다. 부족한 부분을 채울 수는 없으니.

당신은 나와 많이 다르다. 그래서 맞춰가야 할 부분이 많다. 어쩌면 정말로 한 가지도 맞는 부분이 없어서, 훗날의 나는 당신과 맞춰가던 순간들을 후회할지도 모른다. 당신이 나를 완전히 이해할 거라고는 기대조차 하지 않는다. 우리는 어차피 다른 모양을 하고 있으니까. 나도 당신을 이해하지 못할 것이다. 그럼에도 우린 다르기에 한번 끼워 맞춰보고 싶은 호기심이 생기는 것이다. 톡, 하고 완전히 꼭 들어맞아 자리에 놓이게 될지도 모르는 것 아닌가. 맞추고 맞춰가는 사이 하나의 그림이 완성될지도 모르고. 퍼즐은 결국 그 가능성을 사랑하는 거였다.

part 3

꿈속에서는 울지 말자

그래, 우리, 꿈속에서는 울지 말자. 오랜만에 만났잖아. 무슨 말부터 건네야 할까. 당연히 안부 인사려나. 어떻게 지냈느냐고. 그곳은 여기보다는 지낼 만하냐고. 견딜 힘 없어 떠난 곳이니 여기보단 그래도 행복하지 않느냐고. 네가 미워하던 사람들은 어떻게 되었느냐고. 여전히 미운지, 아니면 이젠 미운 마음도 다 사라졌는지. 이곳에서 내가 어떻게 살고 있을지 궁금하지는 않은지. 그래, 널 만나기 전에 할 말들을 정리해두어야겠다. 행여나 시간이 된다면 원망 섞은 투정 한마디만 해도 될까. 떠나지 않았으면 안 되었느냐고. 그게 네게 죄책감을 주려나. 그렇지만 난 아직도 네 죄책감으로 평생을 살고 있어. 그러니 딱 한마디 정도는 하게 해주라.

네 얼굴을 마주하면 눈물부터 날 텐데 그러면 어쩌지. 네 꿈을 꾸게 된다면 분명 깨고 싶지 않을 텐데. 깨지 않는 방법을 꿈속에서 아무리 모색해봤자 언젠간 눈을 뜰 텐데. 어차피 꿈에서 깨고 나서는 네가 알 수 없을 테니

다시 돌아와서는 울어도 상관은 없겠지만, 결국은 한 번
은 울게 될 테지만, 적어도 우리, 꿈속에서는 울지 말자.

고장 난 시계

하루 두 번 우리가 서로에게 완전히 겹쳐지던 순간에는, 한 번도 아니라 두 번이나 맞은 것을 보고 너와 내가 확실히 인연이라 단언했는지도 모른다. 맞지 않는 시간들이 훨씬 많았지만 아무래도 상관없었다. 애당초 그곳엔 관심이 없었다. 나는 내가 나를 어떻게 하면 비참하게 만들 수 있는지 아주 잘 안다.

너는 시간이었고 나는 시계였다. 너는 그저 흘러가는 대로 살아가는 사람이었고 나는 그런 너의 시간에 맞추어보려고 애썼다. 때로는 기다리고 또 때로는 거슬러가면서까지. 너는 흘러가는 대로 그저 두었던 것뿐인데.

그러니까 그저 혼자 기다린 것임에도 불구하고 서로의 시간이 맞을 때까지 네가 나를 따라온 것이라 믿고 싶었던 때도 있었다. 다시 한 번 맞을 때까지 어긋난 시간을 혼자서 감내하고 있었다. 멍청하고 야속하리만치 두 번의 교차점만을 기다렸다. 고장 난 시계도 두 번은 맞는

다는 걸 모르고. 세상엔 고장 나지 않은 시계가 아주 많
다는 것도 모른 채.

말의 향기

말에는 향기가 있다. 애써 포장하고 숨겨두어도 본디 냄새라는 것은 숨긴다고 잘 숨겨지는 것이 아니다. 솔직한 위로의 말은 아무리 투박하고 서툴러도 그 마음이 충분히 전달된다. 모양이 어떻든 향기롭기 때문이다.

외려 예쁘게 에둘러 한 말에는 향수를 마구 뿌린 역하고 인공적인 냄새가 난다. 그런 냄새는 썩은 것들을 감추어야 할 때 주로 나기 마련이다. 꺼내기 어렵고 속상한 말일수록 잘 다듬어져 있기에, 우린 완곡한 것들에도 까지고 피가 난다.

의도는 티가 난다. 강한 냄새들은 굳이 맡지 않아도 코를 타고 들어온다. 그럼에도 눈감아주고 싶은 냄새들이 있다. 그럼 코를 힘껏 틀어막고 못 맡은 척하며, 글자 그대로의 말에 답하는 거다. 이를테면 이런 거다. 그의 말속에 숨어 있는 진심을 마주하고 싶지 않아서, 반증할 수 있는 증거들을 애써 찾아내는 것. 아홉 가지의 진실

을 외면하고 한 가지의 거짓에 몰두한다. 아직 잘 모르겠
어, 라는 말은 결국 그런 의미다. 사실은 누구보다도 잘
알고 있지만 아직은 부정하고 있다고. 그럴 체력이 남아
있다고. 나만 놓으면 끝이 나는 관계라는 건 이미 알지만,
아직은 좀 더 잡아보겠다고. 증거를 찾아야만 안심할 수
있는 관계는 이미 기울어진 관계라는 것을 알고 있으면
서도.

다 마신 커피

다 마신 커피를 왜 아직 들고 다니냐고 사람들이 물어. 얼음만 자박하게 남아 있는 커피를. 쓰레기통을 못 찾아서 귀찮게 들고 다니는 거냐고, 근처 화장실에라도 가서 얼른 버리고 오든지 하라더라. 버릴 곳이 없어서 길거리에 툭 던져놓은 사람들도 분명 많으니까.

그런데 아직은, 적어도 나한테는 다 마신 커피가 아니거든. 얼음이 녹고 나면 남아 있던 커피가 희석돼 보리차 맛이 나는, 아주 연해서 거의 물에 가까운 액체를 마저 마셔야 하고, 입안에 얼음을 가득 넣고 우걱우걱 씹기도 해야 해. 이 컵 안에 담긴 모든 것들이 사라질 때까지.

그렇다고 커피를 리필해 마시겠다는 이야기는 아니야. 이미 이 종이컵은 나름의 쓸모를 다했으니까. 젖을 대로 다 젖었고 입이 닿는 부분은 조금 찢어지기까지 했어. 새로운 커피를 다시 담으면 아마 속절없이 무너져 내릴걸. 그건 너한테도 나한테도 부담일 테니까.

그러니까 그냥, 내가 안에 들어 있는 남은 것들을, 커피를 구성하는 것들이지만 커피는 아닌 것들을 말야, 다 먹어치울 때까지만 기다려주라. 나도 나를 비워야 할 시간이 필요하니까, 내가 모든 것들을 정리할 수 있을 때까지. 그래서 속 시원하게 재활용 상자 안에 컵을 던지고 나갈 때까지만. 그때까지만 모른 체 남아 있어줘. 부탁할게.

소나기

갑자기 소나기가 왔고 가방 속엔 우산이 없었다. 일이 끝났는데 비가 와요. 네게 문자 하나를 넣어놓고는, 한참 답이 없는 핸드폰을 물끄러미 바라보았다. 지금 내가 있는 곳은 네가 사는 동네니까, 일찍 확인하면 우산 하나 들고 찾아와줄지도 모르는 기적을 믿어보려고.

그러나 그건 기적일 뿐이었다. 몇 시간을 기다려도 답이 오지 않아 빗속을 걸어 역으로 가서 지하철을 탔다. 지하철에서 내렸을 때 비는 더 세차게 쏟아졌고 사람들은 일행을 기다리는지 혹은 이 소나기가 그칠 때를 기다리는지, 역 출구 앞에 나란히 서서 핸드폰을 들여다보고 있었다. 양옆으로 늘어선 사람들 틈을 비집고 나가 집으로 향했다. 빗줄기가 점점 더 굵어졌다. 옷과 머리, 가방 속까지 다 젖어버려서 집에 들어가자마자 말려야 할 것들이 많았다. 쏟아지는 비를 맞으며, 그냥 우리 그만할까요, 하고 뱉겠다 결심했다. 나는 우산이 없는 사람이고 너는 네가 가진 우산을 굳이 빌려줄 생각이 없는 사람이

었다. 아니, 사실은 내가 우산을 가졌는지조차 궁금하지 않은 사람이었다. 비쯤이야 맞으면 그만이라 생각했지만 쏟아지는 소나기를 매번 맞고 나면 감기에 걸리는 건 분명했다.

우리 노력하면 계속 유지될 수는 있겠지. 그런데 그 노력은 내가 해야 하는 것이었다. 내게는 창밖으로 내리는 비를 보고 우산을 가지고 있느냐고 먼저 전화해주는 사람이 필요했다. 나중에야 문자를 보고 오늘 비가 왔었냐고 반문하는 사람 말고. 그제야 기억났다. 어제 너에게 난 내일 비가 올 테니 우산을 챙기라고 메시지를 보냈는데. 그러니 오늘 넌 비를 맞지 않았겠지. 집에 도착하자마자 비는 갑자기 그쳤고 아무래도 세상이 날 미치고 말게끔 가혹한 장난을 치고 있는 것 같다고 생각했다.

인터뷰

우리의 대화는 언뜻 보면 제법 잘 이어지는 것 같았지만 유심히 들여다보면 내가 뱉는 것은 늘 질문이었고 넌 대답뿐이었다. 무언가를 공유한다기보다는 내가 너를 인터뷰하고 있다는 말이 더 맞겠다. 달리 말해 내가 더 이상 질문하지 않으면 이 대화와 이 관계는 금세 끝나버린다는 이야기다.

그런 것이었다, 우리 사이는. 아직은 너를 놓아줄 자신이 없어서 궁금하지도 않은 걸 자꾸 물어봤다. 사실 스케이트보드 같은 건 살 생각도 없었어. 그저 너는 네가 좋아하는 것들을 이야기할 때 눈이 가장 반짝거리는 사람이니까, 그때 가장 말이 많아지고는 하니까 그걸 이용했던 거야. 속은 기분이라면 미안.

준비한 질문지가 동날 때까지, 그래서 즉석에서 짠 추가 질문이 바닥날 때까지 그때까지만 이 죽은 관계를 조금만 더 이어가보기로 했다. 이건 순전히 나를 위한 마

음이니 이기심이라 이름 붙여도 괜찮다고 하겠다. 그런
데 의문인 것은 왜 이기적인 마음인데 비참해지는 것도
나인지. 가끔 불쑥 내민 질문에 왜 그렇게 따스하게 답장
했는지. 그래서 이 역할 놀이에 너도 나름대로 재미를 느
끼고 있는 건 아닌지. 어째서 그날 뱉었던 말 중 몇 가지
를 기억해서 되물어주었는지. 정작 묻고 싶었던 질문은
하나도 하지 못했다.

숨기는 게 많은 사람은 매력적이다. 알고 싶기 때문이다. 모든 걸 숨긴다면 애초에 궁금하지도 않겠지만. 그는 결정적인 타이밍에 말을 아꼈다. 어쩌면 상대가 그런 부분에서 안달이 난다는 걸 이미 알고 있었는지도 모르겠다. 일부러라고 해도 어쩔 수 없었다. 나는 이미 네가 궁금하기 시작했다.

제가 그쪽에 대해 모르는 게 많은 것 같아요.
나는 말했다.

저는 한 가지도 당신한테 숨긴 게 없는데요.
너는 답했다.

네 말이 틀린 것은 아니다. 너는 거짓말을 한 적이 한 번도 없었다. 단지 네 얘기를 꺼내지 않았다. 필요한 만큼만 말했고 별다른 사족을 달지 않았다. 너와 대화를 나누고 돌아오는 길이면 혼자만 떠들었다는 기분이 자

꾸 들었다. 그래서 너를 아는 기간이 꽤 길었는데도 나는 너를 잘 몰랐다.

사람은 생각보다 별거 없고 다들 각자만의 특별한 사연이 있다고 생각하지만 결국 거기서 거기다. 환상이랄지 신비로움이랄지 하는 것들은 그 사실을 얼마나 잘 숨기느냐에서 나오는 것일 뿐이다.

너는 갑자기 사라졌다. 소리 소문 없이. 그렇게 밑도 끝도 없이. 나는 네가 얼마나 평범하고 그저 그런 사람일지 계속 상상한다. 너를 계속 초라한 사람으로 만들어야만 잊어버릴 수 있었다. 그럼에도 내가 알지 못한 것들은 자꾸만 이상적인 것으로 남아 너를 극대화했다. 그래서 네가 떠나간 후에도 알고 싶은 것이 많았다.

　　사랑이라 느끼는 순간은 다양한 모습으로 존재하지만 그중 하나는 꼭지를 전부 따고 씻어준 딸기를 먹을 때라고 생각합니다. 비엔나소시지를 문어 모양으로 칼집을 내 볶아주었을 때나 알알이 딴 포도를 씻어 통에 담아주었을 때, 혹은 오는 길에 대충 산 것 같은 도넛이 실은 유명한 가게에서 두 시간 동안 줄 서서 구입한 것이라는 걸 알았을 때 말이에요.

추억 몇 페이지

4월 25일

떡볶이 뷔페라는 게 있단 말이야? 그럼 원 없이 떡볶이를 먹을 수 있는 거야? 그런 유토피아가 다 있느냐고 호들갑을 떨며 너희랑 그곳에 처음 갔을 때, 결국 욕심만 컸지 볶음밥은 먹지도 못했지. 맞다, 나 혼자만 사복을 입고 있던 탓에 식당에서 나만 성인 음식값을 내라고 했잖아. 얼굴이 아니라 옷 때문이라니까, 정말로. 학생증을 들이밀고는 분명 학생 맞다고 억울함을 토로했던 날. 그런데 이후에 다시 가도 그때 그 맛이 안 나, 이상하게. 네가 말한 그 소스 비율이란 게 진짜 중요한가 봐.

11월 2일

놀이공원을 안 간 지 십 년이 넘었다는 너는 어제부터 들떠 있었지. 실은 몸이 안 좋아서 못 갈지도 모르겠다고 했다가 실망한 네 표정을 보고 입안에 약을 털어넣고는 제발 낫게 해달라고 연신 기도했는데. 다행히 오후엔 몸이 많이 좋아졌고 우린 놀이공원으로 향하는 지하철에 나란히 앉아 늘 주고받는 이야기들을 또 꺼냈지. 알 수 없는 미래랄지 사랑하게 될지 모를 이들에 대해. 가늠할 수 없는 것들에 대한 이야기는 무궁무진하니까. 놀이공원엔 아직도 핼러윈 분위기가 물씬 나더라. 평소라면 쓸데없이 비싸다며 혀를 찼을 분장 같은 것도 그냥 해버렸지. 요란스러운 장식이 달린 머리띠도 사고. 거기 음식은 딱히 맛있지도 않으면서 비싸. 꿈 안에 갇히려면 이 정도 돈은 내야 하나 봐. 그렇게 폐장 때까지 졸린 눈을 치켜뜨며 놀이기구를 탔던 우리.

5월 10일

어두워진 한강에서 남들 다 핸드폰 플래시 위에 술병을 올려둘 때 우린 올릴 게 없어서 플라스틱 가글 병을 올려뒀지. 이것도 나름 낭만이다, 야. 어쨌든 빛나기만 하면 뭐든 상관없었으니까. 우린 분위기가 비슷한 노래를 좋아해서 누가 선곡하든 괜찮았어. 난 그게 참 좋았는데. 그때 우리가 징그럽게 하던 핸드폰 게임 기억나니. 난 사실 그걸 잘하지도 좋아하지도 않았는데 같이 놀고 싶어서 관심 있는 척했어. 하다 보니까 나름 또 재밌더라고. 게임 때문에 핸드폰 배터리가 쉽게 닳는 탓에 무조건 보조배터리를 들고 다녔는데. 그땐 무선 이어폰 같은 것도 없어서 보조배터리를 연결하면 소리는 못 들었어. 와, 이렇게 말하니까 진짜 옛날 같다.

8월 17일

직접 운전해서 서해 바다에 간 날, 조개구이집 사장님들이 들어오는 차를 보며 자꾸 자기네 가게에 오라고 손을 흔들었고 그걸 지나치는 게 괜히 죄송하더라. 주차가 너무 어려워서 네가 대신 해줬는데. 서해보다 동해가 더 예쁜 건 맞지만 어차피 밤바다는 엇비슷하니까 괜찮지 않을까 싶었지. 여름이지만 밤은 그리고 바다는 그렇게

덥지 않더라. 으, 이놈의 벌레들만 빼면. 개중에는 투명한 벌레도 있었어. 신기하지. 내장도 투명한 걸까 아니면 너무 작아서 안 보이는 걸까. 아무튼 그 바닷물 위로 비친 불빛들, 거기서 먹은 칼국수, 남의 불꽃놀이를 구경하며 돈 안 들이고 공짜 폭죽을 터트렸다고 웃던 우리.

아,
현재에서 도망치고 싶은 사람들은
자꾸 추억에 빠져 산다던데.

무심함

위궤양 약을 재처방 받으러 갔을 때 스트레스를 받지 않으면 아프지 않다던 의사의 말.

계란말이 안에 치즈를 꼭 넣어달라던 내 부탁은 마치 없었던 것처럼 치즈 없는 계란말이가 올려져 있던 식탁.

파인애플이랑 키위는 알레르기가 있다고 몇 번이나 말했는데도 과일 주스 가게에서 당신이 사온 키위 주스.

취하지 않은 밤도 행복하길 빌어달라는 내 말에 언젠가 행복할 수 있을 거라는 그날 밤의 답장.

고심하지 않은 것들이 아픈 이유는 그럴 필요가 없었기 때문이고 나는 그 무심함을 이해해보려 애쓰다가 이해는 원래 혼자 노력하는 게 아니라는 사실을 깨달았다.

너를 미워하려 애쓰고 있다

네가 좋아한다던 그 가수가 망했으면 좋겠다. 그 가수에게는 아무런 잘못이 없으니 굳이 이름까지 언급하지는 않겠다마는. 네가 너무 좋아해서 콘서트도 가고 발매하지 않은 곡까지 찾아 듣는다는 그 가수는 너무 유명하다. 너무 유명해서 커피를 사러 들어간 카페에서도 그 노래가 나오고, 남의 차를 얻어 탔을 때 차 안에서 흘러나오는 플레이리스트에도 그 가수 노래가 무조건 들어가 있고, 챙겨 보는 드라마의 하이라이트 장면에 깔리는 배경음악도 그 가수가 불렀다. 솔직히 말하면 이제는 화가 나기까지 한다. 마치 세상이 나를 놀리려고 작정한 것 같다.

네가 싫어한다던 가수의 라디오를 밤마다 듣는다. 물론 네가 싫어한다 말했을 때도 나는 그 가수를 좋아하는 편이었지만, 괜한 오기가 생긴 건지 그 가수를 사랑하고 싶어졌다. 자주 듣는 노래 목록에 그 가수 노래를 살포시 넣어두고, 이렇게 좋은 노랜데 너는 왜 좋아해주지 않았을까, 그런 생각도 하고. 그 생각을 하다가, 결국은, 너는 왜 나를 끝끝내 좋아해주지 않았을까, 하는 생각에 닿았다.

네가 제일 좋아한다고 말한 그 가수는 내 취향은 아니었다. 네가 아니었다면, 찾아서 듣기는커녕 자동 재생된 목록에서 그 가수의 목소리가 나오면 자연스럽게 넘겼을 것이다. 새삼 네가 사랑하던 것들을 당연하게 사랑하고 있었구나, 생각했다. 그래서 너를 미워하려고 네가 미워하던 것들을 이렇게도 사랑하려 노력하고 있구나. 나는 아주 애를 쓰며 널 미워하려 하고 있었다. 네가 예상하는 것보다도 훨씬 더.

기대하지 않는 관계

관계가 끝났다는 걸 알려주는 신호는 뭘까. 그러니까, 이제 그만 사랑해야겠다는 다짐이 서는 곳이 아니라 서서히 바뀌어가는 그 반환점의 위치. 달리면 달릴수록 종료 지점에 가까워지는.

그건 아마 이제는 포기하게 된 것들이 생길 때부터가 아닐까. 윤은 그런 말을 했다. 잔소리를 하든, 신경이 쓰여서 잠을 못 자든, 그래서 치고받고 싸우든 간에 그 사람한테 기대하는 것들을 놓지 못하고 대립하다가, 결국은 그러려니 하게 되는 거. 물론 다름을 받아들이는 건 중요한 일이지. 그것보단 뭔가, 노력의 문제랄까. 내가 노력하든 상대가 노력하든 그게 무의미하다고 느껴지는 어느 순간이 있잖아.

거리를 두기 시작한다는 거네. 그렇게 볼 수도 있지. 예를 들면 이런 거야. 게임을 하루에 몇 시간씩 하는 사람을 만났는데 게임만 했다 하면 연락이 안 돼. 근데 나

는 게임을 안 하는 거야. 그래서 게임을 하는 동안 왜 연락이 안 되는지도 몰라. 처음엔 그 문제로 싸우겠지. 게임 시간을 줄이든가, 게임을 할 때도 연락을 간간이 해주든가. 그럼 게임을 좋아하는 쪽은 처음엔 알겠다고 하고 나름대로 노력할 거야. 사랑하니까. 근데 그게 오래가겠냐고. 원래 해오던 습관이 있으니, 시간이 지나면 다시 연락이 안 되겠지. 그럼 상대는 지쳐. 그래, 얘 원래 게임을 할 때 연락이 안 되는 사람이니까, 하고 수긍하기 시작해. 동시에, 내가 이 사람한테 그렇게까지 영향을 끼칠 수는 없구나, 하고 좌절하겠지. 분명 초반에는 노력이라도 했던 것 같은데, 아, 변한 거구나.

근데 그게 오히려 관계를 오래 유지하고 싶어서 포기하는 경우일 수도 있잖아. 그 싸움이 무의미하다는 걸 느끼고, 거기에 소비하는 감정보다 차라리 다른 부분에서 맞는 걸 찾아 더 사랑하려고.

당연히 모든 부분에서 맞는 사람은 존재하지 않겠지. 그런데 네가 말한 것처럼, 어떤 부분에서 맞지 않는 것을 포기하고 다른 부분에서 맞춘다고 쳐. 하지만 그 부분에서 또 맞지 않는 걸 발견해. 그럼 또 포기하고 다른 부분을 찾아서 맞추려고 하겠지. 그렇게 싸우지 않고 도망친 부분들이 쌓이고 쌓인다는 게 결국 관계의 종결이 아닐까. 회피한 거지. 그만큼 애쓰고 싶지 않은 거야, 사실.

너무 어렵다. 기대해도 안 되고 기대를 안 해서도 안 되고. 난 이제 사랑 같은 거 안 할래. 투정 어린 내 말에 윤은 어차피 또 할 거면서, 하고 웃었다. 윤은 어제도 남자 친구와 싸웠지만 아주 오랫동안 연애를 이어오고 있다. 감히 가늠하기를, 앞으로도 꽤 오래도록 그 둘은 만날 것이다. 망가지기 쉽고 여차하면 깨지고 마는 이 관계라는 놈을, 어떻게 그렇게도 잘 이어가고 있는지 신기할 따름이다.

진짜 외롭고 싶은 사람은 아무도 없을 것이다. 인간은 태초부터 혼자 태어나지 않았다. 그럼에도 외로움을 자처하는 사람들이 있다. 외로워야 했거나, 차라리 외로운 것이 나은 사람들.

지친 걸지도 모르지. 스스로에게 외로움을 주고 싶거나. 택은 그런 게 아니겠느냐며 의견을 던졌다. 예를 들자면, 밥을 먹는 게 싫은 사람은 없겠지만 밥을 먹는 게 싫을 때는 있잖아. 아파서 못 먹든 다이어트를 하느라 참든 배가 불러서든 바빠서 먹을 틈이 없든.

지금 먹긴 싫지만, 맛있고 기분 좋게 한 끼 하고 싶단 욕망은 누구에게나 있지. 택은 내게 그런 게 아니겠느냐고 했다. 배가 불렀다는 건 과한 사랑이나 욕심 따위에 체하거나 과식한 결과일 거고, 관계가 너무 정신없고 버겁다 느끼면 사람 사이에도 다이어트가 필요한 것일 테고. 더 좋은 사람을 만나려 인스턴트적인 사랑을 기피하

는 사람도 있을지 모른다. 제일 중요한 건, 내가 컨디션이 좋아야, 말하자면 밥을 먹을 수 있는 상태여야 맛있게 먹을 수 있다는 것.

그러니까, 밥 같은 거다. 너무 많이 먹어도 탈이 나고, 그렇다고 아예 안 먹으면 굶어 죽는 일. 적당히 맛있게, 골고루 먹어야 한다. 사회적인 동물인 우리에게 사랑이랄지 관심이랄지 하는 것들은 밥만큼이나 중요한 걸지도 모른다.

한 숟갈의 밥을 넘긴다. 욕심에 너무 배가 불러 결국은 토해내지 않을 만큼만 먹어야 해. 먹는다는 건 인간의 가장 기본적인 욕구지만 그렇다 해도 너무 본능적이진 않아야 한다. 삼켜내었다. 내 배가 얼마나 찼는지를 계속 가늠하면서.

사진은 티가 난다

어느 쪽 얼굴을 좋아하세요?

다른 사람의 사진을 찍어줄 때 늘 던지는 질문이다. 대부분 자신이 좋아하는 얼굴 방향이 있다. 왼쪽 눈 밑에 점이 있어서 왼쪽 얼굴이 좋아, 한쪽 눈에만 쌍꺼풀이 있어서 이쪽 얼굴이 좋아, 이런 식으로.

좋아하는 쪽의 얼굴을 묻고 나서 사진을 찍어주면 그렇지 않았을 때보다 사진 결과물을 마음에 들어 하는 경우가 훨씬 많다. 그리고 보통은 사진을 찍히는 걸 좋아하는 친구들은 묻기 전에 이미 자신이 원하는 방향으로 몸을 틀고 있다. 사진이 잘 나오는 각도와 표정을 어느 정도 알고 있는 거다.

그 요구에 맞춰서 사진을 찍어주고는 하지만, 웬만큼 사진이 나왔다 싶으면 일부러 반대 방향에서도 몇 장을 찍는다. 네가 사랑해주지 않은 쪽의 얼굴도 사랑했으면

하는 소소한 바람이기도 하고, 무엇보다도, 잘 나오지 않았으리라 싶어 기대하지 않은 사진이 잘 나오는 것만큼 기분 좋은 일이 또 없기 때문이다. 이쪽 얼굴도 생각보다 괜찮네. 찍어준 사진을 확인하며 네가 나지막이 뱉는 그 말을 듣는 게 좋다.

분명 내 앞에 보이는 것을 카메라를 들어 그대로 찍는 것뿐인데 사랑하는 사람을 찍어주면 왜 그렇게 티가 나는지. 아, 어쩌면 내 눈에 보이는 네가 너무 사랑스러워서 화면에도 그렇게 담길 수밖에 없었던 건지. 사진이 자신의 생각보다 훨씬 잘 나오면, 우와, 너 나 정말 사랑하나 봐, 하고 놀란다. 사랑하는 이들을 찍은 필름 카메라는 바로 확인할 수 없는데도 분명 잘 나왔을 것이라는 확신이 있다. 이미 뷰파인더 사이로 내가 너를 얼마나 사랑하는지 확인했기 때문이다.

겨울 온기

차갑고 빨갛게 언 볼을
온기가 남은 두 손으로 감싸면
살얼음이 사르르 깨지듯 볼이 녹았습니다.
당신의 그 두 손만 있으면
세상 모든 것을 다 녹일 수도
있을 것 같다고 생각했습니다.

집을 다시 짓는 일

숨을 한번 크게 쉬었다. 이제부터는 큰 공사 작업을 해야 한다. 기존에 짓던 집은 모두 철거하고, 다시 새롭게 쌓아야 한다. 땅을 평평하게 만들고, 새로운 기둥을 다시 세우고. 원래 있던 것을 모두 허무는 것도, 늑대의 입김에도 날아가지 않을 만큼 튼튼한 집을 짓는 것도 쉽지 않지만 더 이상 따뜻하지 않은 곳에서 살 수는 없었다. 그 마음을 먹는 것이 참 쉽지 않았다.

제일 걱정되는 건 누굴 만나든 상대에게 날 납득시켜야 한다는 거야. 내가 어떻게 살아왔고, 어떤 인생을 살고 있는지. 이걸 설명하려면 꽤 길고 오랜 절차가 필요한데 언제 다 이야기할지. 내가 그만한 체력이 있긴 할지 그게 두려워서 선뜻 새로운 사람을 못 만나겠어.

언니는 내 얘기를 듣고 뜸 들이다 말했다. 네가 납득시켜야 하는 사람 말고, 너를 궁금해하는 사람을 만나. 네가 어떤 사람인지 물어봐주는 그런 사람.

되돌아보면 누군가를 설득해야 하는 관계가 익숙했다. 그리고 그것이 당연한 줄 알았다. 누군가가 나를 궁금해할 수도, 내가 말하기 전에 먼저 물을 수도 있는 거였다. 나는 사랑하는 만큼 사랑받을 수도 있는 사람이었다.

집을 혼자 지을 생각을 하니 그렇게도 막막한 거였다. 함께 살 집인데 왜 같이 지을 생각은 못 했을까. 같이 통나무를 옮길 수도 있고, 내가 무거워 들지 못하는 철근을 당신이 번쩍 들어 놓아줄 수도 있는데.

잘 자

차근히 쌓인 속상한 마음들. 어떻게 풀어낼까 몇 시간을 고민하다가, 너무 날이 서진 않았나 다듬고 조심스레 깎다가, 그냥 '잘 자'라는 두 글자로 마무리했어. 내가 좀 더 참고 넘어가면 우리 큰 문제는 없을 테니까. 네 잠이 깊기만을 바라면서 하루를 나도 마쳐볼게. 답장 없는 시간 동안 적어내린 시나리오는 그냥 옆을게. 어차피 이거 다 소설이잖아, 그렇지? 그렇다고 해줘. 너는 어디까지가 서투른 것이고 어디까지가 무관심한 것인지 경계를 두지 않았으니까. 헷갈리는 문제들은 모두 서툴다는 전제를 깔아놓을게. 이 풀이가 맞는지는 모르겠지만 내가 풀 줄 아는 공식이 일단은 이것밖에 없으니까 말야.

어디에 가도 널 떠올릴 만한 것들이 너무 많아서 아무 데도 갈 수가 없었어. 좋아하던 노래도 영화도 음식도. 나는 이제 아무것도 들을 수도 먹을 수도 없는 사람이 됐어. 내가 사랑하는 것들을 너무 많이는 함께하지 말걸. 내가 애써 사랑하는 것들을 모아놓은 곳간을 네게 다 열어준 탓에, 내게는 더 이상 남은 것이 없더라.

혜야 넌 연보라색이 그렇게도 잘 어울렸는데. 네가 좋아한다고도, 그 색에 어린 어떤 추억이 있다고 말한 적도 없지만, 그래서 너와 나 사이에 너를 기억할 만한 건 하나도 없는데도 어떤 것들은 널 떠올렸다는 이유만으로 널 기억하게 해. 그건 너는 모르고 나만 기억하는 것들.

그래서 연고도 없는 색을 보고 널 떠올리고 나서야 안 거야. 사랑하던 것들을 보고 네 생각을 해버렸다는 것은 전부 핑계였음을. 그렇게 그 가사가 좋으면 가수가 아니라 작사가를 사랑해야 하지 않겠느냐고 물었을 때 그가 부르지 않았다면 이 가사를 사랑하지 않았을 거라 했지. 나는 추억을 사랑했던 것이 아니라 그냥 너를 사랑했던 거였나 봐.

너와 함께 나눈, 내가 좋아하는 것들을 이제 일일이 다 헹궈서 말려둬야 해. 네가 묻힌 지문을 다 지워내고 다시 온전히 나의 것으로 만들려면.

타임캡슐

있지, 있지, 그곳은 잘 있어? 너희 집 앞에서 늘 담배를 피워 네 화를 돋우던 그 아저씨는 여전해? 할아버지가 심었다던 감나무에서는 올해도 떨어진 감들이 썩어 시큼한 냄새를 가득 풍기고 있니. 일주일 중 가장 버티기 힘든 날이 수요일이라 그날은 꼭 케이크 한 조각을 먹는다고 했잖아. 지금도 얼그레이 향이 나는 크림 케이크를 먹니. 아니, 그 카페가 아직 있기는 하니.

네게 할 말이라고는 네가 예전에 말해준 것들을 다시 가져오는 것뿐이야. 실은 여전하지 않은 네가 미워서 여전한 것들을 자꾸 찾나 봐. 그것들을 계속해 말하다 보면 네가 다시 그때로 돌아가진 않을까. 파고 파다 보면 네가 숨겨놓은 선물 같은 게 있지 않을까. 난 그게 쪽지 하나 숨겨놓은 타임캡슐이어도 좋은데. 분명 같이 묻어놓고는 기억하는 쪽은 나뿐인 타임캡슐을 혼자 터벅터벅 걸어가서 꺼내는 꼴은 꽤 초라해. 이건 비밀인데, 우리가 약속한 날짜보다 훨씬 전에도 그곳에 가서 꺼내보고 다

시 몰래 묻어놓은 적도 있어. 행여 네가 언젠간 이 캡슐을 기억하고 다시 꺼낼까 해서 편지 한 장을 더 넣어놓았어. 과연 네가 그 편지를 읽는 날이 올까?

하나만 더 물어볼게. 내가 사준 방향제는 잘 쓰고 있어? 향은 마음에 드는지. 내가 그런 걸 잘 모른다고, 그 말까지 전하지 못한 게 한이 돼. 정말 미안한데, 하나만 더 물어볼게. 원래 사랑이라는 게 더 이상 누굴 사랑할 엄두도 나지 않을 만큼 이렇게 오랫동안 머물러서 네가 떠난 이후에도 이만큼 힘든 게 맞는 거니. 내가 원래 이런 걸 잘 몰라. 다 네가 알려준 거잖아.

1주년 영화

처음 만난 이후 해를 거듭할 때마다 그 둘은 짤막한 영화를 찍는다고 했다. 1주년 영화, 2주년 영화, 그런 식으로 쌓아 올린 영화가 벌써 열 편이 넘는다. 연출은 그 둘이다. 나오는 인물도 그 둘이고, 편집도, 심지어는 관객도 그 둘이다. 둘이 만든, 둘만을 위한 영화인 셈이다. 아무리 보여달라고 졸라도 절대 보여주지 않지만, 둘만의 추억을 담았으므로 내가 관람한다 한들 그 둘이 느끼는 감정만큼은 절대 느낄 수 없음을 잘 알고 있다.

그 영화의 존재는 연애 상담이니 조언이니 하는 것을 연인들이 잘 귀담아듣지 않는 이유의 답이 될지도 모르겠다. 둘만 아는 것들이 있기 때문이다. 둘만의 시간을, 또 세월을 우리는 겪어보지 않았기 때문이다. 우리는 단편적인 장면만 보고 그 영화의 전체 줄거리를 파악해야 할 것이다. 이미 만들면서 몇 번이고 영화를 지겹도록 돌려본 이들은, 다른 이들의 해석을 이해하지 못하겠지. 이를테면 툴툴거리는 버릇이 있는 남자 주인공이 갑자

기 작은 꽃 한 송이를 주는 장면이라면, 남자를 아는 사람들은 그게 그의 세계에서 아주 대단한 사건이라고 생각하겠지만, 단순히 꽃을 건네는 장면만 보는 사람들은 고작 저런 것 가지고, 하고 폄하할 수도 있다.

입 아프게 말해봤자 어차피 네 마음대로 할 거잖아. 연애 고민이 있는 친구들이 나에게 불만을 한바탕 토로하고 나면, 나는 성의껏 이야기해준 다음, 마지막으로 저렇게 장난 섞은 말을 늘 덧붙인다. 사실 그들이 진짜 해결을 원해서 내게 털어놓은 것이 아니라는 것 정도는 알고 있다. 어차피 연애는 그들만의 경기다. 그들이 원하는 것은 선수를 투입하는 것도, 감독을 구하는 것도 아닌 자신의 팀을 응원해줄 관중을 찾는 것이다. 그럼 나는 완전히 그의 편이 되어서 온 힘을 다해 응원해준다. 경기의 흐름이 어떻게 흘러가고 있든지, 또 그들이 얼마나 반칙을 썼든지 간에.

일부리
길을 잃기도
했다

일부러 길을 잃기도 했다

가끔은 일부러 길을 잃는다. 설령 그것이 나의 동네일 지라도 그렇다. 오히려 내가 살고 있고, 또 오래 산 곳일 수록 길은 단순해진다. 우리는 익숙한 것에 큰 의의를 두지 않으니까. 그 반경 안에서 나는 단순히 목적지를 향해 다리를 바쁘게 움직이는 행위만을 하게 된다.

오늘의 행선지는 평소 자주 가는 카페였다. 생각 없이 걸음을 내딛다, 문득 지금 걷고 있는 것에 의미를 두지 않으면 이 시간이 큰 낭비일 것 같다는 생각이 들었다. 미로를 걷는 것은 단순히 탈출을 위해서가 아니라 그 안에서 고군분투하는 과정에서 무언가를 느끼기 위함일 것이다. 그래서 일부러 가야 하는 방향이 아니라 다른 방향으로 돌아서 길을 걸었다. 그럼 이제 그 걸음은 단순한 이동을 위해 시간을 소요하는 것이 아닌, 하나의 여정으로 자리 잡는 것이다.

길은 도착하는 것에만 의미가 있지 않다. 거리에서 만

나는 사소한 것에서도 의미를 발견할지도 모른다. 설령 목적지에 도착하지 못하더라도 나는 무언가를 얻는다. 그래서 가끔은 정도正道가 있는데도 돌아가곤 한다.

일하지 않는 시간이 낭비처럼 느껴진다는 내 말에, 그 시간을 비노동이 아닌, 일을 위해 준비하는, 크게 보면 일의 일부분이라 생각해보면 어떻겠냐는 누군가의 말처럼.

아침 명상

아침에 마시는 커피는 아주 뜨거워야 한다. 델 정도로 뜨거운 커피를 후후 불며 입안에 한 모금 머금고 차분히 식히며 나는 억지로 명상을 한다. 성미가 급한 탓에 커피가 조금이라도 미지근하면 꿀꺽꿀꺽 마셔버리므로 아주 팔팔 끓는 커피를 후후 식혀가며 생각한다.

나를 죽게 하는 건 이다지도 커다란 일들인데 살게 하는 것은 별것 아니라는 사실이 우습다. 인간이 우수수 사라질까 두려워 신이 사소한 행복을 심은 게 아닌가 싶을 정도로, 우리는 커다란 불행 앞에서도 아주 자그마한 행복으로 살기도 한다. 그러니까 고양이가 귀엽지 않아서 죽고 싶지는 않지만 고양이가 귀여워서 살고 싶어지는 날은 있다.

커피 향이 좋다. 오늘도 살고 싶은 이유 한 가지쯤은 발견할 수 있을 것 같다.

양극의 세상 속에서

요즈음 세상은 꽤나 극단적이다. 한쪽에서는 칼로리가 높은 자극적인 음식들을 잔뜩 쌓아놓고 단숨에 먹어치우는 영상을 올리고, 또 한쪽에서는 뼈가 다 보일 듯이 삐쩍 마르는 법을 이야기한다. 누군가는 가진 것 없이도 행복할 수 있다며 사소한 것에서 행복을 찾는 법을 말하고, 또 누군가는 행복은 경제적 여유에서 나온다면서 돈을 아주 많이 벌 수 있는 방법에 대해 말한다. 어떤 이는 할 줄 아는 것이 없어도 자기 자신이 소중하다고 이야기하지만 다른 이는 쓸모없는 사람이 되는 것만큼 게으르고 나태한 일은 없다며 부단한 자기계발을 외친다.

사회는 어쩌면 끝임없는 싸움의 연속인지도 모른다. 모순 가득한 세상에서 나로 존재하는 법은 어렵다. 결국 모두의 장단을 맞추어줄 수는 없는 것이다. 나와 맞지 않는 의견은 부정해야 하고, 또 틀리고 다른 것을 잘 구분해내야 한다. 언제까지나 중립적인 위치에 있을 수는 없다. 그건 도피에 불과하다.

모두에게 사랑받는 사람이 될 수는 없어. 나로 존재하기 위해선 먼저 그 말부터 수용해야만 했다. 더욱 중요한 것은 굳이 그럴 필요가 없다는 것이다. 모든 것을 비판해야만 하는 것은 아니지만 틀린 것을 맞는다고 애써 받아들일 필요도 없었다. 물론 그렇게까지 도달하는 데에는 꽤 많은 용기가 필요했다. 누군가는 날 외면할 수 있다는 사실이 때론 진실보다 두려웠으므로.

나는 그저 나일 뿐이다. 누군가의 무언가가 아니다. 그러니 딱 1인분만 해내면 된다. 그 이상은 사치이고 욕심이다. 그래서 난 내가 더 해내지 못해 후회스러운 것들에 대해 미련을 버리기로 했다. 어차피 할 수 있는 것이 아니었고 그때의 나는 최선을 다했으니까.

청춘이지 뭐

되짚어볼수록 부끄러운 실수를 했을 때, 돌이킬 수 없는 일을 종종 저질렀을 때, 만회할 기회도 방법도 없을 때. 누군가는 이런 상황이 오면 어쩔 수 없지, 하고 넘기라고 했다. 말이라는 것이 본디 아 다르고 어 다른 법이지만, 뭐랄까, 어쩔 수 없었다고 치부하기엔 괜히 '어쩔 수 있었을' 것만 같다. 내가 할 수 있을 만한 일이 왠지 있었을 것 같은 기분.

그 대신 나는, 청춘이지 뭐, 하고 말한다. 별안간 청춘이야. 그럼 뭐든 조금 괜찮아 보인다. 어떤 일이든 간에 그 일을, 우여곡절을 겪고 마침내 성장한 주인공의 그 '우여곡절' 속 일부로 볼 수 있게 된다. 친구들은 원래 청춘이라는 단어를 그렇게 갖다 붙여도 되냐며 어처구니없어 하지만, 끝끝내 인정하고 만다. 그래, 진짜 청춘 맞네, 하고.

엎지른 물을 주워 담는 방법은 없다. 이미 바닥에 흥건히 쏟아진 물을 어떻게 닦아내느냐가 관건인 것이다. 어떻게든 다시 담아보려 그 물을 손으로 애써 모으느라 시간을 허비하거나, 내버려두고 그저 마르기를 기다리는 것보다는 최대한 빠르고 깨끗하게 닦고 새 물을 담는 편이 낫다. 맞아, 청춘이었어. 그저 조금 요란하고 방황스러운 청춘이었던 거야.

여름날의 마실

  통이 넓은 검정 롱스커트에 품이 큰 흰 티셔츠를 입고, 뜨거운 자외선을 맞으며, 이제 긴 팔은 더 이상 못 입겠구나, 생각했습니다. 걷고 걷다 보니 한 서점에 다다랐습니다. 책을 고르는 기준은 딱히 없지만 어떤 책들은 꼭 사야만 한다는 느낌이 옵니다. 제목 때문일 수도 있고 한 줄의 문장 때문일 수도 있고 그저 운명이기에 그럴 수도 있습니다. 두 권의 책을 집어 들고 계산을 했습니다. 주차권이 필요하냐는 직원의 말에 괜찮다고 대꾸하며 나는 걸어온 두 다리를 주차할 곳이 필요하다고 생각했습니다. 카페에 가서 책 두 권 중 시집을 먼저 읽었습니다. 책을 읽을 때 페이지가 접히는 것조차 싫어서 쫙 펼쳐 읽지 않는 사람들도 있다지만 저는 좋아하는 문장이 있으면 밑줄을 치기도 합니다. 그 문장이 읽고 싶어질 때 다시 찾을 수 있는 일종의 책갈피인 셈입니다. 시집은 다른 책들보다 읽는 데 시간이 오래 걸립니다. 완성된 음식을 마주할 수 있는 책과 달리 시의 경우 내가 직접 요리해야 하기 때문입니다. 서점을 나와서는 선크림을 하나

샀습니다. 작년까지는 그런 건 필요 없다며 바르고 다니지 않았지만 올해는 조금 더 밖에 나가볼까 싶어서였습니다. 책 두 권과 선크림을 가방에 넣고 동네를 한 바퀴 돌았습니다. 그다지 오래 걷지도 않았는데 등에 땀이 뱁니다. 벌게진 얼굴을 하고 집에 돌아오는 길, 나는 조금 더 살아야겠다고 생각했습니다.

나이를 먹는다는 것

한때는 나이를 먹는 것이 두려웠다. 한 살을 더 먹으면 필연적인 압박 속에서 살 것이 분명하다고, 어린 날의 나는 생각했다. 완전히 틀린 말은 아니었다. 어리기 때문에 이해받는 것들이 있었다. 또 무엇이든 그 나이치고 잘한다는 말을 들으면, 나이라는 건 결국 하나의 무기이자 경쟁력이 아닐까 싶었다.

그러다 마주한 좀 더 영근 나는 마치 다 썩어버린 체리가 된 것 같았다. 한 살을 더 먹는다는 것이 무언가의 품질 저하처럼 느껴졌다. 상해버린 식품, 수명을 다한 배터리. 나이를 더 먹은 나를 표현할 만한 것들은 고작 그런 단어들뿐일 것 같아서, 한 해를 보내는 일이 너무 고통스러웠다. 이룬 것 없는 연말과 그럼에도 한 살을 더 먹은 나는 무능했다. 연초와 연말을 고통스럽게 보내느라 일 년 중 행복할 수 있는 순간이 얼마 없었다.

난 오히려 빨리 나이가 들었으면 좋겠어. 지금 두려운

것들이 시간이 지나고 나면 다 사라질 거라는 희망이 있
거든. 여태 그래 오기도 했고. 진의 이 말은 그간 고민했
던 나이 드는 일을 성숙해지는 일로 받아들이게 했다.
그러게, 돌이켜보면 나이 든 이들은 어린 이들의 젊음을
부러워했지만 어린 이들은 나이 든 이들의 연륜을 부러
워했던 것 같다. 누구나 자기가 가지지 못한 것을 부러워
하며 산다.

이제 나이를 먹는 일이 그다지 두렵지 않다. 오히려 십
년 뒤, 이십 년 뒤의 내가 지금 사랑하는 사람들과 무슨
대화를 나눌지, 그때의 우리는 지금 골몰하던 문제들을
해결할 나름의 해답을 찾았을지, 그리고 그날의 우리 곁
엔 또 어떤 새로운 사람들이 함께할지, 궁금할 뿐이다. 그
건 두려워하기보다 다만 기대해야 할 것들이다.

다정한 섬세함

내게는 없는 섬세함을 가진 사람들은 늘 나를 놀라게 했다. 같이 있는 내내 입술을 뜯는 나를 보고는 립밤을 선물해준 원. 새벽녘 뭐 하고 있냐고 묻기에 혼자 술 한 잔하고 있다고 말하니 언젠가는 네가 술 대신 차 한잔하고 있다고 하면 좋겠다며 티백을 잔뜩 선물해준 현.

다정히 섬세한 그들은 주로 기억력이 좋다. 민감한 부분을 알고 건드리지 않는다. 또 그들은 싫어하는 것이 확고하다. 남들이 내게 하지 말았으면 하는 행동들이 있다. 그래서 그런 것들을 타인에게도 하지 않는다. 잠이 소중하다는 어떤 이는 누군가를 깨울 때 절대로 큰 소리를 내지 않는다. 막무가내로 일으키는 것이 아니라 부드러운 목소리로 살살 달래면서 머리를 쓰다듬으며 깨운다고 했다.

그 다정한 섬세함은 애써 노력한다고 가질 수 있는 것이 아니다. 단순히 많은 선물을 주는 것, 많이 연락하는

것이 능사는 아니기에. 그 따뜻한 마음을 닮고 싶었다. 나도 누군가의 부족함을 채워줄 줄 아는 사람이 되고 싶었다. 나는 실수도 잦고 또 매사에 둔감한 사람이라 그들의 섬세함을 완전히 닮을 수는 없어서, 말하기 전 남들보다 두어 번 더 고민하고 눈에 자연스럽게 들지 않는 것도 열심히 관찰해서 찾아내보려 했다. 갖지 못한 기질이지만 그래도 흉내 정도는 낼 수 있지 않을까 해서. 그래서 어느 날은 섬세하지는 못해도 꽤 다정한 사람이 된 것 같기도 했다.

행복한 시간이 무서워서

행복을 한번 맛보니 열심히 살았던 시간이 잘 기억나지 않는다는 너를 보며, 그래서 어떻게 살아야 할지 막막하다는 말을 듣고, 난 그래도 네 요즘의 시간이 네게 행복했구나 싶어 다행이라는 생각을 제일 먼저 했다. 꽤 멋진 여름 추억을 쌓았구나 싶었다.

한편으로는 그 말이 썩 듣기 나쁘지 않다는 생각도 했어. 행복 때문에 열심히 사는 법을 까먹었다는 거. 참 덧없는 청춘 같지 않니.

네가 말해준 그 행복한 추억에는 엄청나게 특별한 일들은 없었다. 일어나자마자 유자차를 탄 머그잔을 들고 옥상에 올라가 어김없이 쨍쨍하게 뜬 태양을 바라보는 것. 하루에 한 번 꼭 강아지와 함께 산책을 나가는 것. 뜨거울 정도로 밝은 햇살이 닿던 그 바닷가의 아침, 그래서 분명 쌀쌀한 가을인데도 목덜미에 땀이 나던 그 옥상 공기. 너는 거기서 바다 냄새를 맡는 게 좋다고 했는데. 멀리 보이는 갯벌. 물이 들어오면 하얗게 부서지는 파도에 눈이 부시다면서.

바다가 보이는 옥상이라니, 나도 언젠가는 꼭 그런 곳에서 살고 싶었어. 너의 행복했던 시간의 조각들을 듣고 나니 나는 행복을 맛보았던 시간이 잘 기억나지 않는데, 싶어서, 너는 너의 어린 낭만을 부끄러워했지만 사실 나는 너를 조금 부러워했다.

하얀 몰티즈 한 마리. 귀여웠지만 경계심이 많아 정을 잘 주지 않다가 마지막 날 떠나기 직전에 안아달라고 그렇게 조르곤 했다며. 얼마나 사랑스러웠을까. 그 옥상에서 보던 수많은 별. 뒷집 지붕 위로 떠오른 달. 오늘은 보름달이 떴더라고. 동그랗게 뜬 달을 자랑하던 너. 행복해 보이더라, 네가 웃을 때 파이는 보조개의 깊이만큼.

이번에는 지난 행복했던 시간이 기억나지 않을 만큼,

비교도 안 될 만큼 더 행복한 시간을 많이 쌓았으면 한다. 그러고는 괜히 바라기에 그 추억 속 몇 장면에는 나도 들어가면 좋겠다는 욕심이 생기기도 했다.

프로필 음악

사람들이 카카오톡에 걸어둔 프로필 음악을 일부러 돌아가면서 듣는다. 딱 한 곡만 걸어둘 수 있는 곳에 굳이 그 노래를 선택한 데는 이유가 있을 것이라는 생각에. 어쩌면 의미를 부여하기 위해 걸어뒀을지도 모르지. 상태 메시지로 적어놓은 글보다는 눈에 덜 들어오니까. 주로 직접 말하기엔 너무 솔직해 부끄러운 말들을 노래 제목으로, 혹은 가사로 은근슬쩍 내비치는 일. 신경 쓰기에도, 신경 쓰지 않기에도 모호해 결국은 의미를 부여하는 쪽이 구차해지는.

듣는다, 설령 이미 알고 있는 곡일지라도. 마음을 대변하기 위해서인지, 그저 멜로디가 마음에 들어서인지, 혹은 얽힌 사연이라도 있는지 생각하면서. 가사를 띄워놓고는 함께 읽으며 듣는다. 그러고는 헤아려본다. 무슨 이유로 당신은 그 노래를 걸어두었습니까.

떠나지 마세요

이기적인 생각이지만 아무도 떠나지 않았으면 좋겠다. 한 살, 두 살, 그러다 훌쩍 열 살쯤 더 먹었을 때, 아줌마나 아저씨라는 호칭이 어색하지 않을 정도가 되면 많은 관계들이 저마다의 형태로 각기 다른 모습을 하며 바뀌어 있겠지만. 그럼에도 나는 붙잡아두고 싶다. 사사로운 감정을 그냥 흘려보내거나 모두 있다가도 없는 것들이라 생각하기엔 내가 아직은 너무 어리고 또 어리석다. 자연스럽게 멀어질 거라는 말만큼 무서운 게 없다. 나는 죽음보다 외로움이 더 무서운가 보다.

엄마는 내가 좋은 사람이 되면 좋은 사람이 온다고 했다. 내 주변엔 좋은 사람이 너무 많아서, 우습게도 난 좋은 사람이 아닌 것 같아서, 그래서 그렇게 떠나는 것들이 무서워졌나. 그런 생각을 자꾸 하고 있으면 마음에 큰 구멍이 뻥 뚫려 그 사이로 바람이 숭숭 부는 기분이다. 절대 영원하지 못할 것임을 알면서도 영원했으면 좋겠다고. 또 그런 욕심을 부려보고 싶었다.

그러다가 네가 무심히 던진, *떠난다면 그건 네 인연이 아니었던 거지,* 그 한마디에 또 불가사의하던 고민이 풀리기도 했다. 한탄을 늘어놓았지만 실은 네가 날 떠나지 않겠다는 확신 하나를 듣고 싶어서 네게 한 말이었는지도 몰라.

다른 친구는 사람들이 떠나갈까 두렵다면 그만큼 네가 얼마나 사랑하는지 자주 이야기해주는 게 어떻겠느냐고 말했다. 하염없이 준 사랑은 과분하고 부담스럽다 느낄지언정 언젠가 상대에게 자존감이 되어준다는 말이 생각났다. 그래서 나는 불안해질 때마다 사랑을 자주 말하는 사람이 되어볼까 한다. 네가 날 떠날까 봐 두렵다는 말을, 내가 널 참 많이 사랑하고 있다고 말해주기로. 불안이 많은 사람들은 그만큼 사랑이 많은 사람인지도 모르겠다. 그러니까, 줘버린 사랑이 그대로 돌아오지 않는 것이 불안한 것이 아니라 내가 준 사랑을 받아주지 않을까 봐 불안한 건지도.

가을을 맡기 위해

　삶에서 의미를 찾을 힘도 잃고 해오던 일도 다 그만두고 싶어졌다는 네가 그래도 여름에서 가을이 넘어갈 때의 냄새가 좋다던 이야기를 듣고는. 그래도 일단 그거 하나 좋아하는 거 찾았으니까. 그건 올해도 내년에도 몇십 살을 더 먹었을 때도 여전히 존재하고 또 여전히 좋을 테니까. 지겹게 반복되는 시간 속에서 좋아할 부분 하나는 찾았으니까. 그냥 그렇게 우리 가을을 맡기 위해 살아간다면 얼마나 좋을까.

일단 자자

어지간한 고민이나 결정은 아침에 하는 게 제일 좋다. 비몽사몽간에 판단을 내리라는 말이 아니라 한밤중이나 새벽 감정에 휩쓸려 충동적인 결정을 하지 말라는 얘기다. 창문을 열고, 오늘 날씨가 어떤가 확인하고, 곧장 화장실로 가서 너무 뜨겁지 않은 물로 세수한 후에, 이왕이면 물도 한 잔 마시고 나서 뭔가를 생각하는 것이 좋다.

새벽은 소진이고, 아침은 충전이다. 내가 나로 가득 차 있을 때 판단하자는 거다. 전부 소모된 상태인 나는 일어설 힘도, 싸울 용기도 없을 것이다. 그렇기에 잠을 자는 것이다. 어두움 속에 놓이면 혼자 빛을 내는 것이 어렵다. 그렇기에 낮이 존재하는 것이다. 당신의 고민이 별것 아니라는 뜻이 아니다. 그 생각들 때문에 잠 못 이루는 밤을 무시하려는 것도 아니다. 그렇지만 새벽 세 시에 하게 되는 고민이, 당신이 가장 약해져 있을 때 하는 고민이고, 다음 날의 당신은 그걸 이겨낼 힘이 생길 수도 있을 거라고. 밤이라는 놈은 불면에 시달리는 이들에게 겁을 주는

것이 취미라 작은 일도 큰일이 날 것처럼 잔뜩 두려워하
게 만드는 밤의 이상한 악취미에 놀아나지 말자.

내일이 되면, 뭘 그렇게까지 생각했지, 하고 스스로를
이해하지 못할 수도 있다. 그러니 일단 자자. 생각은 꼬리
가 아주 길고, 후회니 좌절이니 하는 친구들을 데려오면
서까지 잘 떨어지지 않으니 단호히 끊어내야 한다.

마카롱을 믿어보아요

매일같이 카페에 가서 사 오는, 기본 사이즈보다 더 큰 사이즈의 아메리카노가 더 많은 양의 커피가 아니라 단지 기본 사이즈에서 물과 얼음을 더 많이 넣은 것뿐이라는 것을 알았을 때부터 괜스레 모자란 맛이 난다고 생각했다. 이제는 샷 추가를 하지 않으면 차라리 커피를 한 잔 더 마셔야 한다. 무언가 부족하다. 알기 전에는 깨닫지 못한 것이었다.

원효대사가 마셨던 해골 물이나 플라세보 효과가 아마 이런 거겠지. 뭐든 생각하기 나름이다. 신 커피를 마시고도 모두가 쓰다고 말하면 쓰게 느껴지는 것이다. 설탕을 넣지 않은 카페라테를 마시고도 모두가 달다고 말하면 갑자기 은은한 단맛이 도는 것 같다고 느낀다.

그런 의미에서 나는 '잘하고 있어'라든지 '잘될 거야'라는 말을 말뿐이라고 생각하지는 않는다. 계속 그런 말을 듣고 또 해주면 가끔은 정말 내가 잘하고 있는 사람처럼 느껴진다. 아무리 밝은 사람도 매일 우울을 토로하는 사람 옆에 있으면 영향을 받을 수밖에 없듯, 좌절한 사람도 매일 긍정적인 이야기를 들으면 좋은 영향을 받는다.

실은 나도 그런 밑도 끝도 없는 위로에 괜한 반감과 불쾌감이 있었다. 내 사정을 잘 알지도 못하면서 섣불리 던지는 위로는 외려 외로움으로 다가오곤 했다.

그러다가도 새벽에 탄 택시에서 내 상황을 제대로 알지도 못하고 내가 무슨 일을 하는지도 정확히 모르는 택시 기사님이 해준, 오늘 하루도 고생했다는 말에 펑펑 우는 것이 인간인 것이다. 울먹이며 말했다. 기사님도 오늘 참 고생하셨다고.

생각해보면 각자 살아가고 있는 모든 인생은 성공과 실패를 거듭하면서 배워가는 과정일 테니 '못하는 인간'

같은 건 존재하지 않는지도 모른다. 그 짧은 순간에서 실패를 보고 내가 잘하고 있는 건지 모르겠다고 생각할 수야 있겠다마는. 마카롱을 구우면 늘 열 개 중 서너 개만 예쁘고 나머지는 덜 익거나 프릴이 잘 생기지 않는다던 은을 떠올린다. 그래도 난 서너 개가 잘 구워졌으니 성공한 마카롱이라고 생각해.

당신의 마카롱이 몇 개나 예쁘게 구워졌는지는 모르겠으나 뭐 꼭 모든 마카롱이 예쁘지는 않아도 괜찮은 것이다. 사실은 모두 망쳐도 괜찮다. 당연한 말이지만 다시 구우면 된다. 나는 당신의 삶을 잘 모르지만 그럼에도 잘하고 있다고 말하고 싶다. 분명 그럴 거라고 확신한다.

계절 나기

과거 사람들에게 가장 살아내기 어려운 계절은 단연코 겨울이었을 것이다. 식량은 부족했고 추위는 막기 힘들었다. 그래서 겨우내 먹을 수 있는 김치를 담그고 목화솜으로 두툼한 이불을 만들어 어떻게든 버텨내었다. 월동越冬 또는 겨울나기.

지금은 겨울이라고 해서 먹을 게 부족하거나 추위에 시달릴 일은 없지만 살아낼 수 없게 만드는 것들이 모든 계절에 다른 방식으로 존재한다. 봄은 자살률이 가장 높은 계절이다. 여름의 뜨거운 무더위는 사람을 무력하게 만들고 가을의 만연한 쓸쓸함은 눈물을 자주 쏟게 한다.

어떤 이들에게는 계절마다 꼭 해야 하는 것들이 있다. 그것들을 해내고 나면, 한철을 잘 보냈다는 생각이 든다면서. 누군가는 겨울에는 꼭 방어회를 먹어야 한다고 말했고, 또 누군가는 여름에는 꼭 수영장이 딸린 펜션에 가서 놀아야 한다고 했다.

우린 다가오는 사계절을 나름의 방법으로 나야 하는 건지도 모른다. 봄을 나고, 여름을, 가을을 그리고 겨울을 잘 나고 나면, 한 해를 제법 잘 보냈다고, 그렇게 느끼는 것이다. 아무쪼록 이번 해를 보내고 다음 해를 맞이하기 위해서는 이루어야 하는 것들이 누구에게나 있다. 누군가는 그걸 목표라고 부르고 누군가는 그걸 일상이라 부르지만 나는 매년 반복되어야 하는, 적어도 살아내기 위해서는 그래야만 한다고 생각하는 그 목표들을 '계절 나기'라 부르기로 했다.

봄의 화사함에 속하고 싶어

봄에는 아름다운 것이 많다. 그래서 때때로 비참해지기도 하지만, 내가 그 주류에 속하지 않을 이유 또한 딱히 없다. 오히려 나를 그 화사함으로부터 배제하는 것이 일종의 자기혐오인지도 모른다. 나는 억지로라도 그 안에 당연히 들기 위해 노력한다. 비참함은 스스로를 깎아내리는 데에서부터 오는 것이라 생각하기에.

매해 봄이 오면 여권 사진 사이즈의 사진을 찍는다. 한 살 더 먹은 나를 기록하기 위함도 있고, 만나는 친구들마다 한 장씩 달라고 이야기하면 나눠주기 위해서이기도 하다. 사진은 한 번 찍을 때 기껏해야 열 장 남짓 나오기 때문에 나름의 희소성도 있다. 얼마 없는 건데 주는 거야, 하고 사랑하는 사람들에게 당신이 얼마나 특별한지 생색 내기 좋다.

그것 말고는, 꼭 원피스를 한 벌씩 사기도 한다. 나는 유독 원피스를 좋아하는데, 원피스는 누군가를 만날 때

대충 입은 것 같지도 않을뿐더러 위아래를 맞춰 입지 않아도 된다는 장점이 있기 때문이다. 날마다 뭘 입을지 생각하거나 옷을 구경하는 걸 딱히 좋아하진 않는 나는 역설적이게도 예쁜 옷을 입은 스스로를 좋아한다. 그래서 그 두 명의 내가 매번 다투고는 한다. 아무튼 옷을 사러 둘러보는 건 피곤한 일이라 주로 온라인으로 주문하는데, 주문한 원피스가 딱 생각한 사이즈와 색감일 때 느끼는 행복한 기분은 이루 말할 수가 없다. 사랑하는 사람과 좋아하는 영화가 겹쳤을 때의 쾌감 같은 것.

벚꽃놀이를 가지 않았다고 봄을 제대로 보내지 않았다는 기분이 들지는 않지만, 제대로 된 딸기 디저트를 먹지 않으면 봄을 제대로 보내지 않았다는 기분이 든다. 딸기라는 놈은 좋아해주는 사람도 아주 많고 심지어는 제일 좋아하는 과일로 딸기를 꼽는 사람도 아주 많지만, 그 사랑을 우습게 여기기라도 하듯 금방 사라진다. 그 때문에 시기를 놓치면 메뉴판의 딸기 디저트 이름에 금세

취소 선이 그어진다. 매년 유행하는 디저트들이 있다. 이
를테면 수플레 팬케이크라든지 크로플이라든지 하는 것
들. 크게 좋아하는 디저트 같은 건 딱히 없어, 그것들을
주로 먹는다. 봄이 되면 디저트 앞에 딸기가 붙지 않는 것
은 거의 없기에, 그 주류의 것들을 먹어보면서 올해의 맛
을 느끼고, 내년의 맛은 또 어떨지 한번 기대해보는 거다.

여름,이었다

가장 버티기 힘든 계절이 언제냐고 묻는다면 나는 주
저 없이 여름이라고 대답할 수 있다. 원체 땀이 많고 더
운 것을 잘 견디지 못하는 체질이라 이온 음료와 손수건
을 챙기지 않으면 밖에 나갈 엄두가 안 난다. 이글거리는
열기의 이 계절에게 정말이지 날 말려 죽일 셈이냐고 묻
고 싶지만, 야속하게도 하늘이 가장 예쁜 것도, 사진이
제일 예쁘게 찍히는 것도 여름이다. 막상 겪을 때는 힘겹
지만 나중에 곱씹으면 가장 청춘다운 계절. 여름이었다,
하고 글을 마무리하면 내용이 무엇이든 낭만적이게 보인
다는 밈이 괜히 있는 건 아닐 것이다. 여름은 뭐든 찬란
한 청춘으로 보이게 만드는 재주가 많은 계절이다.

시원한 에어컨을 튼 실내에서 밖의 풍경을 바라보는
것이 즐거운 계절이므로 예쁜 카페를 찾아다니고는 한
다. 지하철역에서 거리가 있으면 더 좋은데, 그 이유는
이를테면 찜질방과 식혜의 관계 같은 거다. 땀을 뻘뻘 흘
리며 찜질한 후 마시는 식혜가 평소보다 훨씬 더 맛있듯,

땀을 잔뜩 흘리며 카페까지 걸어간 후 시원한 카페 안에
서 마시는 아이스 아메리카노는 다른 무엇과도 견줄 수
없을 만큼 맛있다. 이른바 성취의 맛인 것이다. 그건 정
말이지 얻어냈다는 표현이 맞다.

  손수건으로 땀을 닦으며 아메리카노를 한 잔 마시고
창밖을 바라볼 때 보이는 구름. 신은 아마 훌륭한 디자
이너일 것이다. 매일 떠오르는 구름을 매일 다르게 디자
인하는 걸 보면. 그 광활하고 아름다운 하늘은 핸드폰
사진에는 생각만큼 잘 담기지 않아서, 여름을 살아내는
사람들에게 주어진 특권이 아닐까 생각한다. 직관했을
때 가장 아름다운 하늘.

가을은 너무 타기 쉬워

　계절 영향을 가장 심하게 받는, 그러니까 가장 타기 쉬운 계절은 가을이다. 여름이 지나고 가을이 올 때 코끝을 간질이는 선선한 냄새가 인상적이어서인지, 혹은 여름의 정열적인 시간들을 보내고 오는 특유의 알 수 없는 허무함과 허탈함 때문인지.

　아무튼 내게는 가장 바쁜 계절이기도 하다. 다른 계절보다 해야 할 게 많을뿐더러 다른 계절에 비해 짧기 때문이다. 예쁜 카디건이나 가죽 재킷, 트렌치코트 같은 것들은 간절기가 아니면 입기 힘들다. 그래서 이 시기에는 일부러라도 밖에 많이 나가야 한다. 이 시기를 놓치면 아무리 꾸며도 롱패딩으로 몸을 꽁꽁 봉인해버리는 계절이 금방 오기 때문에.

　혼자 마시는 술을 워낙 좋아하지만, 가을은 쓸쓸함을 안주로 삼아서인지 다른 계절보다 술을 많이 마시게 된다. 겨울을 맞이하기 전 김장을 해두는 것처럼, 가을을 위해 여름에 얼려놓은 샤인 머스캣을 꺼내 위스키 한 잔과 제로 콜라와 함께 먹는다. 고급진 술을 먹네, 지인들이 놀리기도 했지만, 실은 도수가 높아 몇 입 먹지 않아도 금방 취할뿐더러 다음 날 숙취가 비교적 약해서 마시는 거다. 맥주를 배부르도록 여러 캔 마시느니 위스키를 조금 마시는 게 낫다는 게 나름의 철학. 어차피 아직 술맛은 잘 몰라서, 편의점에서 파는 제일 싼 위스키를 고른다.

취기가 살짝 오르면 꼭 봐야 하는 영상이 두 개 있다. 둘 다 어떤 가수의 라이브 무대 영상인데, 그 두 영상을 한 시간 가까이 돌려 본다. 조금 청승이긴 하지만, 아무튼 그 무대를 보다가 무언가 생각이 나면 배경음악 삼아 글을 쓴다. 취기에 쓴 글은 다음 날 아침에 보면 부끄러운 것들이 많아서, 걷어내야 할 문장들이 제법 있다. 알코올은 감정 증폭제인지라 마음에도 없는 소리를 하지 않으려면 많이 취하지 말자고 매번 다짐해야 한다.

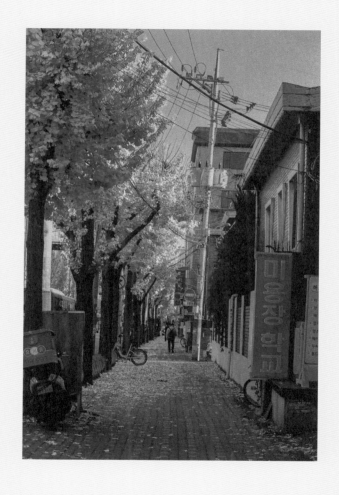

다들 겨울을 나는 법이 하나씩 있더라

행사가 많은 계절이다. 크리스마스라든지, 송년회라든지 여러 가지를 마무리하는 시기. 나는 이 계절이 가장 견디기 힘들다. 한 해를 되짚어보면 잘 해낸 것들이 분명 있는데도 더 잘 살지 못했다는 자책에 빠지곤 한다. 욕심이 많은 사람은 좌절이 크다. 그래서 매년 후회스럽게 겨울을 보낸다.

이렇게 겨울을 나는 것은 연말과 연초의 내가 그 어떤 것도 해내지 않은 것 같다는 좌절감에 빠지기 때문이다. 그래서 겨울을 잘 나려면 무엇보다도 그 앞의 계절들을 잘 나는 것이 중요하다.

더 깊은 좌절과 후회에 빠지지 않기 위해 추위를 느낄 새도 없이 몸을 아주 바삐 움직인다. 사람들과 어울리면서 요란하게 움직이는 것이 아니라 혼자 전시회도 다니고 공연도 보고 영화관도 가고, 가능한 한 집 안에 오래머무는 시간을 줄이려 애쓴다. 추위에 움츠러들면 밖에

나가기는커녕 씻는 것조차 힘겹지만 그래도 해내야 한다.

아무도 밟지 않은 눈을 밟고 싶은 마음이 있다. 상투적이긴 하지만, 인간이 가지고 있는 일종의 정복욕이 아닌가 싶다. 아무도 가보지 않은 곳에 가고, 아무도 갖지 못한 걸 갖는 것. 누구나 그런 욕심이 있으니까.

겨울철 눈은 펑펑 올 것 같지만 의외로 잘 내리지 않고 그러다가도 하루아침에 갑자기 쏟아지는 일종의 불연속 스펙트럼의 모습을 하고 있기 때문에, 일찍 일어나는 습관을 계속 들여놓아야 한다. 이상하게도 밤을 새운 아침에 밟는 눈은 아무리 새 눈일지언정 새로운 느낌이 들지 않는다. 어제의 헌 내가 이어지는 꼴이라 그런지.

훈은 새 눈 위를 밟는 그 고요한 시간에 담배를 한 개비 피운다고 했다. 사위가 쥐 죽은 듯 조용해 연초가 타는 소리에 집중할 수 있어 일종의 명상 같다면서 겨울엔 꼭 그걸 해야 한다고 했다. 결은 크리스마스에 들을 캐럴 목록을 가을부터 준비해둔다. '불멍'을 해야 겨울 같다던 빈도 있다. 귤 한 박스를 해치워야 겨울이라고 말한 이도, 슈크림 붕어빵을 사 먹을 돈을 늘 챙겨 다니는 이도, 칼바람이 부는 날 굳이 창문을 열고 어묵탕에 맥주를 먹어야 한다던 이도 있다.

사계를 전부 나는 법을 생각해두지는 않아도 저마다의 겨울을 나는 방법은 한 가지씩 가지고 있더라. 이 글을 읽고 있는 당신이 행여 월동하는 방식을 아직 정해두지 않았다면 하나쯤 생각해보는 것을 추천한다. 심연 속에 숨어 겨울잠에 빠지지 않으려면.

　결국은 카카오톡 대화 내역을 전부 지워버리기로 했다. 어느 순간부터 반응 속도가 눈에 띄게 느려진 핸드폰을 보고, 설마 256GB를 벌써 다 채웠겠어, 하고 확인한 저장 공간은 정말이지 아주 좁은 틈만이 남아 있었다. 아무리 사진과 동영상을 지우고, 사용하지 않는 어플을 삭제해도 용량이 통 늘어나지 않았다. 저장 공간을 두 번째로 크게 차지하고 있는 카카오톡을 애써 무시하다가, 그렇게 애꿎은 사진만 지우고 또 지우다가 사진첩에 빼곡한 사진들을 모두 살피는 일이 지겨워 마침내 결심하고 말았다.

　실은 집착이 좀 있었다. 다수가 모여 있는 단체방에서 나만 혼자 놓친 이야기가 있진 않을까. 함께 나눈 이야기를 내가 기억하지 못하는 순간이 올 때면 살짝씩 커닝해야 할텐데. 막연히 너와 내 관계가 불안해지고 나면, 그래, 네가 이땐 이런 식으로 내가 소중하다는 말을 했었지, 하고 보증서처럼 찾아봐야 하는 때가 있진 않을까.

네게는 여전히 글자로 남아 있을 말을, 혼자 그저 뱉어버린 말처럼 흘려보내서, 시간이 지나 노인이 된 희끗희끗한 인간들 속에서 홀로 늙지 못한 무언가처럼 남아버릴까 봐. 내가 이토록 대화 내역을 지우는 일을 미룬 이유는 아마도 소외감 때문이었을 것이다.

눈 딱 감고 지워버려 모든 대화방이 백지가 되었지만 아무 일도 일어나지 않았다. 그러고는 당연하리만치 다시 새로운 대화들이 하나둘씩 쌓였다. 지나간 말들에 연연하던 건 결국 나뿐이었는지도 모른다. 오늘은 어제가 될 수 있지만 어제는 오늘이 될 수 없다. 그렇기에 지나간 것들보다는 새롭게 만들어가는 것이 훨씬 더 중요하다.

달을 보면서

한이 오피스텔에 살아 다행이라고 생각했다. 태어나서 쭉 아파트에 살았고 학교 옥상은 늘 잠겨 있던 중고등학교에 다닌 나는 옥상이랄 곳에 올라갈 일이 딱히 없었다. 시간 되면 옥상에 돗자리 앉아서 막걸리나 한잔하자. 저녁 즈음에.

노을이 보이는 곳에서 술을 마실 수 있다니. 해가 다 지고 어두워진 밤하늘까지 볼 수 있다니. 한이 이사한 자신의 집을 마음에 들어 하는지는 잘 모르겠지만 나는 이기적이게도 그 집이 좋았다. 이 옥상에 정을 붙이면 나는 떼를 써서라도 자주 오고 싶어질 거야. 평생까진 아니더라도 오래 살았으면 좋겠다, 여기에서.

해가 다 저물고 맞은 밤하늘의 달이 밝았다. 바로 앞 모텔에서 휘황찬란하게 비추는 네온사인보다도 훨씬 빛났다. 달을 미워하고 싶어. 한은 말했다. 매번 색다른 모습을 하는 것도 아니고, 그냥 채워졌다가 사라지기만 하

는 것뿐인데 사람들은 각각에 이름을 붙여놓고는 늘 사랑하잖아. 사라지면 아쉬워하고 말이야. 여기에서 지고 나면 지구 반대편에서는 또 반갑게 달을 맞이하겠지. 사실은 질투인지도 모르겠다.

그건 사실 네가 누구보다 달을 사랑하고 있기 때문일 거야. 한에게 말했다. 누군가는 뜬 달에는 관심도 없이 그저 밤을 삼켜내는 데에만 정신이 팔려 있을지도 모르고, 달은 스스로 빛나는 게 아니라 태양 빛을 받아서 빛나는 거니까 사실 자존감이 아주 낮을지도 몰라. 자기 혼자 할 수 있는 일이 없다면서, 그저 지구 근처를 빙빙 돌기만 한다고. 보름달만 기다리면서 차오르지 않은 달은 예쁘지 않다고 생각하는 이들도 있어. 네가 질투 난다고 한 모든 것이 달에게 애정이 있기에 생각할 수 있는 거잖아. 매일같이 달을 보고 질투 날 정도로 사랑스럽다고 생각한 거니까.

아무것도 하지 않아도 사랑받는 이들이 부러웠던 적이 있었다. 달처럼 새로운 모습을 계속 만들어내지 않아도 사랑받는 이들이. 한 앞에서는 달을 옹호했지만 실은 나도 한의 마음을 잘 안다. 한이 자주 쓰는 표현이 있는데, 참 건방지네, 라는 말이다. 이 말의 뉘앙스에는 묘한 애정이 섞여 있다. 그래, 참 건방진 달이다, 그렇지? 구름 사이에 가려진 달이 서서히 모습을 드러냈다. 우리가 자기 이야기 하는 줄 알고 관심 받으려고 저, 저. 하여간 건방진 놈이야. 한이 또 질투를 한다.

멈추고 돌아가다 보면 어느덧

삶이란 아쉬움이 점점이 이어져 만들어지는 게 아닐까 싶을 정도로 매사 후회되는 일이 많습니다. 글을 쓰는 일은 더더욱 그렇습니다. 내심 잘 썼다 싶은 글도 다시 들여다보면 그때마다 고치고 싶은 부분이 생기고, 이것이 책으로 만들어지고 나면 또 새롭게 아쉬운 부분이 눈에 들어옵니다. 전에 출간한 책을 몇 해 지나고 펼쳐보면 정말이지 어딘가로 숨어버리고 싶을 정도로 부족한 부분투성이입니다. 바꿀까 말까 고민했다가 바꾸지 않은 문장은 바꾼 게 나았을 것 같고, 고심 끝에 고친 부분은 원래의 느낌이 더 좋게 다가오는 걸 보면 어느 쪽을 선택했더라도 후회가 뒤따랐을 듯해요.

아쉬움이 커 결국 후회가 되어버린 일들이 쌓이면, 모든 것에는 분명 더 나은 정답이 있었을 거라고, 그중 나는 늘 오답을 고르는 쪽이었다는 자책이 이어지기도 합니다.

그렇지만 늘 옳은 선택만을 하는 사람은 아무도 없지 않을까요. 과거의 아쉬움이 앞으로 만나는 선택에 도움을 주고, 그래서 더 나은 선택을 하면서 조금씩 더 현명해져 세상을 마주하는 키가 한 뼘 더 자랄 수 있다는 생각이 들고 나니 그제야 저는 저의 아쉬움을 조금 사랑할 수 있게 되었습니다.

실은 뭐든 정답과 오답이 있다기보다는 한쪽을 선택하고 다른 쪽을 선택하지 못해 아쉬워하는 것이 인생이 아닐까요. 그렇게 아쉬운 것들을 뒤로하고, 계속 수많은 선택을 하는 것 또한 인생이고요. 상처받을 것을 알지만 사랑하기를 선택하는 것, 그 상처가 두려워 잠시 뒤로 물러서서 혼자 남기를 선택하는 것, 이 모두가 그저 삶의 일부라는 생각이 듭니다.

그래서 가끔은 일부러 외롭고 싶을 때가 있습니다. 고요한 시간을 보내며 자신을 정비하다 보면 당연하게만 느껴지던 사람들이 다시금 소중해지는 순간이 옵니다. 그 순간에 다시 사람 속으로 돌아갑니다. 어느 무리에 속한다는 의미의 '들어간다'라는 표현보다는 애정 어린 관계를 되돌린다는 뜻으로 '돌아간다'라는 표현이 아무래도 더 적합한 것 같습니다.

돌아갔다 멈추기를 반복하다 보면 조금씩 앞으로 나가고 있다는 기분이 듭니다. 이 책 역시 그 흔적의 일부입니다.

펜을 내려놓기 전, 고마운 분들에게 인사를 드립니다. 책에 등장하는 모든 인물들, 모자란 글이 묶여 세상에 나와 널리 알려질 수 있도록 도와준 주소림 편집자를 비롯한 스튜디오오드리 출판사 분들, 좋은 사진으로 책을 더 빛나게 해준 사랑하는 나의 친구 원예진 작가님,

그리고 이 책을 읽어준 당신에게도. 고마움을 가득 담은 마음을 건넵니다.

혼자이고 싶지만 외로운 건 싫어서

초판 1쇄 인쇄 2022년 5월 31일
초판 1쇄 발행 2022년 6월 10일

글 장마음
사진 원예진

편집인 이기웅
책임편집 주소림
편집 안희주, 김혜영, 양수인, 한의진
디자인 studio fttg
책임마케팅 정재훈, 김서연, 김예진, 박시온, 김지원, 류지현, 문수민, 김찬빈, 김소희
마케팅 유인철
경영지원 김희애, 박혜정, 박하은, 최성민
제작 제이오

펴낸이 유귀선
펴낸곳 ㈜바이포엠 스튜디오
출판등록 제2020-000145호(2020년 6월 10일)
주소 서울시 강남구 테헤란로 332, 에이치제이타워 20층
이메일 odr@studioodr.com

ISBN 979-11-91043-87-7 (03810)

스튜디오오드리는 ㈜바이포엠 스튜디오의 출판브랜드입니다.